싯다르타

세계교양전집 27

싯다르타

헤르만 헤세 지음

최유경 옮김

올리버

헤르만 헤세Hermann Hesse

• 차례 •

1부

소중한 나의 친구 로맹 롤랑*에게

1914년 이래로 저는 한 소망을 품어 왔습니다.

내가 갑자기 영혼의 질식감을 느낀 그해 가을,

우리는 낯선 언덕에 서서 국가와 민족의 경계를 넘어서는 믿음 속에서

악수를 나누었지요.

네, 그 후로 내가 품은 소망은 내 사랑의 표시를

당신에게 보여 주겠다는 것이었습니다.

그와 함께 당신에게 나의 행적과 사상 세계를 엿볼 수 있는

창을 열어 드리고 싶은 소망이었습니다.

아직 완성되지 않은 이 인도에 관한 한 편의 시를 당신께 헌정합니다.

기꺼이 받아 주기를 소망하며.

- 헤르만 헤세

* 프랑스의 문학가이자 사상가로, 1915년 노벨문학상을 받았다.

바라문의 아들

배가 가까이 있는 강둑의 햇살 아래, 사라수와 무화과나무 그늘에서, 바라문*의 잘생긴 아들이자 어린 매라 불리던 싯다르타는 역시 바라문의 아들인 그의 친구 고빈다와 함께 자라났다. 싯다르타가 강가에서 목욕하며 신성한 제물을 바치는 의식을 할 때 그의 작은 어깨는 태양 빛에 보기 좋게 그을었다. 하지만 망고나무 숲에서 여느 소년처럼 뛰어놀 때, 그의 어머니가 노래를 부를 때, 성스러운 제물이 준비될 때, 학자인 아버지에게 가르침을 받을 때, 현자들이 이야기할 때 싯다르타의 까만 눈에는 그늘이 스며들었다. 오랫동안, 싯다르타는 현자들의 토론에 함께해 왔다. 고빈다와 함께 토론뿐 아니라 성찰과 명상의 기술도 연습했다.

* 인도 부처 시대의 종교 사상계는 크게 둘로 구분된다. 하나는 정통파인 바라문 계통이고, 다른 하나는 신흥 사상가 그룹인 사문 계통이다. 바라문은 《베다(Veda)》의 성전을 신봉하고 제사를 지내는 직업적인 성직자, 즉 사제(司祭)였다. 바라문교는 오늘날 힌두교의 전신이다.

싯다르타는 이미 말 중에 최고의 말이라 하는 '옴'*을 어떻게 조용히 내뱉어야 하는지도 알고 있었다. 숨을 들이쉴 때는 자신의 안으로, 내쉴 때는 자신의 밖으로 영혼을 집중시켜 조용히 '옴'이라고 내뱉는 것이었다. 그가 옴을 내뱉을 때면 명징한 사고의 정신이 빛처럼 그의 이마를 둘러쌌다. 그는 이미 자신의 존재 깊은 곳에서 파괴할 수 없는 존재, 우주와 하나 된 존재, 아트만**을 자신이 느끼고 있음을 알고 있었다.

배움이 빠르고 지식에 목말라하는 아들을 보는 것은 아버지의 기쁨이었다. 아버지는 아들이 자라서 바라문의 우두머리가 되는 과정, 위대한 현자요, 사제가 되어 가는 과정을 지켜보고 싶었다.

어머니도 아들 싯다르타를 볼 때마다 행복했다. 아들이 걸어갈 때, 앉았다 일어설 때, 잘생기고 강한 아들이 날씬한 다리로 걷고 예의 바르게 인사할 때, 이 모든 순간에 어머니는 축복을 느꼈다.

빛나는 이마와 왕의 눈을 가진 싯다르타가 늘씬한 엉덩이를 보이며 마을 길을 걸어갈 때면 바라문의 어린 소녀들은 모두 즉시 사랑에 빠진 것처럼 마음이 움직이는 것을 느꼈다.

그렇지만 다른 누구보다도 싯다르타를 사랑한 것은 같은 바라문의 아들인 친구 고빈다였다. 고빈다는 싯다르타의 눈빛과 감미로운 목소리, 그의 걸음걸이와 품위 있는 몸가짐을 사랑했다. 싯다르타가 행동하고 말하는 모든 것을 사랑했다. 하지만 무엇보다 가

---

* '옴(om)'은 산스크리트어로 우주의 모든 진동을 응축시킨 기본 음(音)으로, 신성한 뜻이 담긴 말이며, 힌두교의 만트라로 사용된다.
** 산스크리트어로 정수, 호흡, 영혼 등을 의미하며, 힌두교 철학에서는 개체의 궁극적 실재로서의 본질을 의미한다.

장 사랑한 것은 그의 정신, 그의 초월적이고 불같은 생각, 열렬한
의지, 고고한 소명이었다. 고빈다는 싯다르타가 평범한 바라문으
로 자라나지 않을 것임을 믿었다. 제물을 바치는 데 게으른 관리
가 되지 않을 것이며, 마법의 주문을 외우는 탐욕스러운 상인도,
얼빠지고 공허한 연설가도, 비열한 사제도, 그리고 많은 이들이 모
인 무리에 섞인 어리석은 양도 되지 않을 것임을 믿었다. 그리고
고빈다 자신 또한 그저 그런 평범한 바라문들 가운데 한 사람이
되기를 원하지 않았다. 고빈다는 훌륭한 싯다르타를 사랑했고, 그
를 따르고 싶었다. 그리고 훗날 싯다르타가 찬란한 세상에 들어가
성불하게 되면 고빈다는 싯다르타의 친구로, 동반자로, 그의 하인
으로, 창을 들어 주는 자로, 그리고 그의 그림자로 언제까지나 그
를 따르고 싶었다.

싯다르타는 그렇게 모든 사람의 사랑을 받았다. 그는 모두에게
기쁨의 원천이었고 환희였다.

하지만 싯다르타 자신에게는 기쁨의 원천이 아니었다. 그는 자
신에게서 기쁨을 찾지 못했다. 무화과나무 정원의 장밋빛 길을 걷
고, 사색의 숲의 푸른 그늘에 앉아 매일 참회의 목욕으로 팔다리
를 씻고, 망고나무 숲의 희미한 그늘에서 제물을 바치고, 완벽하
게 품위 있는 몸짓으로 모든 이의 사랑을 받고 기쁨이 되었으면서
도, 싯다르타는 여전히 마음속에 기쁨이 부족했다. 몽상과 불안
한 생각들이 강물처럼 그의 마음에 흘러들었고, 밤하늘의 별처럼
반짝였으며, 또 태양 빛 아래 녹아내리듯 아른거렸다. 제사를 올
릴 때면 영혼의 불안이 연기처럼 스멀스멀 올라왔고, 《리그 베다》*
의 시 속에서 뿜어져 나왔으며, 연로한 브라만들의 가르침에서 뚝

뚝 떨어지며 그의 안으로 스며들었다.

싯다르타는 자신에게 불만을 품기 시작했다. 아버지의 사랑과 어머니의 사랑, 그리고 친구 고빈다의 사랑도 그에게 영원히 기쁨을 가져다주지 않을 것이다. 그를 보살피고, 먹이고, 만족시키지 않을 것이다. 그의 덕망 있는 아버지와 다른 스승들, 현명한 바라문들이 그들이 지닌 최고의 지혜를 받아들이고자 하는 싯다르타에게 그 지혜를 쏟아부었지만, 싯다르타는 그것이 자신을 가득 채웠는지, 자신의 정신이 정말 만족하고 있는지 의심하기 시작했다. 그의 영혼은 평온하지 않았고, 가슴은 부족함을 느꼈다. 목욕재계의 의식은 좋았지만, 그저 물일 뿐 죄를 씻어 주지도 않고, 정신의 갈증을 치유해 주지도 않는다고 느꼈다. 마음의 두려움도 해소해 주지 못했다. 신에게 제물을 바치는 것과 기도하는 것은 훌륭한 행위였지만 싯다르타는 의심이 들었다. 그게 전부일까? 제물을 바치는 것이 행복한 운을 가져다줄까? 이것은 신들에 관해서도 마찬가지였다. 정말로 프라야파티**가 세상을 창조한 것일까? 아트만, 그는 유일한 신인가? 신들은 우리처럼 피조물이 아닌가? 시간의 지배를 받는, 언젠가는 죽을 그런 존재가 아닌가? 그러므로 신들에게 제물을 바치는 것이 옳고 의미 있는 일인지, 고귀한 행위인지 의심스러웠다. 하지만 유일자唯一者인 아트만이 아니라면 다른 누구에게 제물을 바치고 다른 누구를 숭배한단 말인가? 그리고

* 바라문교와 힌두교의 정전 중 하나로, 인도의 가장 오래된 문헌이며 인도 신화의 근원을 이룬다고 할 수 있다.
** 산스크리트어로 '창조주'란 의미이며, 베다 신화에서 창조주 또는 최고의 신을 지칭한다.

아트만은 어디에서 발견되며 어디에 있는 걸까? 아트만의 불멸의 심장은 어디에서 뛰는 걸까? 모든 이가 자신 안에 지닌 가장 깊은, 파괴할 수 없는 자아 안에서가 아니라면 어디일까? 하지만 이 자아라는 것, 마음속 가장 깊은 부분, 궁극적인 부분이라는 것은 도대체 어디인지 알 수가 없다. 가장 현명한 사람들은 그 부분이 살과 뼈가 아니며, 생각도 의식도 아니라고 가르쳤다. 하지만 여전히 어디인지 알 수가 없다. 이곳, 자아, 나 자신, 아트만을 찾을 방법이 있을까? 아아, 아무도 이 길을 보여 주지 않고, 아무도 그것을 알지 못하며, 아버지도 스승들도 현자들도 거룩한 희생의 노래도 알지 못한다! 바라문과 그들의 경전은 모든 것을 알고 있었다. 그들은 모든 것에 신경 썼다. 세상이 어떻게 생겨났는지, 언어나 음식의 기원은 무엇인지, 숨을 내쉬고 들이마시는 것은 어떻게 이루어지는지, 감각들은 어떤 구조로 되어 있는지, 그리고 신들의 행위에 관해서도 그들은 모두 알았으며, 그들이 아는 것은 무한하다. 하지만 단 한 가지, 가장 중요한 것, 유일하게 중요한 것을 모른다면 그 모든 것을 안다 한들 어떤 가치가 있을까?

확실히 경전의 많은 구절들, 특히《사마 베다》의《우파니샤드》*는 가장 내면적이고 궁극적인 것, 놀라운 것에 관해 이야기한다. "당신의 영혼은 온 세상이다."라는 경이로운 구절이 기록되어 있고, 사람이 깊은 잠에 빠졌을 때 그는 자신의 가장 깊은 곳, 아트

---

* 인도의 가장 오래된 경전인 네 가지 베다(Veda) 가운데《사마 베다》는 선율과 성가(노래)로 된 베다이며,《우파니샤드》는 '스승과 제자가 가까이 다가가 앉음'이라는 뜻으로, 스승과 제자 사이에 비밀스럽게 전수되는 가르침을 말하는《사마 베다》의 끝부분이다.

만과 만나게 된다고 적혀 있다. 꿀벌이 채집한 꿀처럼 순수한 마법의 단어들로 이루어진 이 구절은 가장 현명한 자들의 모든 지식이 모여 있다. 절대 경시해서는 안 될 엄청난 양의 깨달음이 현명한 브라만들의 수많은 세대에 의해 수집되고 보존되어 있다. 하지만 모든 지식의 가장 깊은 곳까지 알 뿐만 아니라, 그것을 실천하며 사는 데 성공한 바라문이나 사제가 있는가? 현자나 참회자가 있는가? 있다면 어디에 있는가? 아트만에 관한 친숙함을 잠에서 깨어 있는 상태로, 삶으로, 삶의 모든 길과 모든 단계로, 말과 행동으로 끌어내기 위해 주문을 외우는 지식인은 어디에 있을까? 싯다르타는 크게 존경받을 만한 바라문, 특별히 깨끗한 사람이자 학자이며 가장 덕망 있는 사람인 그의 아버지를 알고 있었다. 그의 아버지는 존경할 만한 사람이며, 태도는 조용하고 고귀했다. 그의 삶은 맑았고, 그의 말들은 현명했다. 그의 이마 안쪽에는 섬세하고 고귀한 생각이 깃들어 있었다. 하지만 그토록 많은 것을 알고 있는 그는 행복하게 살았을까? 평화를 누렸을까? 그도 그저 구도자, 갈망하는 사람 중 하나가 아니었을까? 그저 목마른 사람으로서, 제물을 바치는 데에서, 책을 읽고 브라만들과 논쟁하는 데에서 신성한 샘물의 근원을 구하고 또 구해야 하지 않았을까? 왜 흠잡을 데 없는 사람이 날마다 죄를 씻어 내고 날마다 정화를 위해 노력해야 하는가? 왜 날마다 반복해서 그렇게 하는가? 그 안에 아트만이 있지 않고, 신성한 샘물의 근원이 존재하지 않기 때문일까? 자신의 자아 안에서 그 신성한 샘물의 근원을 찾아야만 하고, 그 근원을 자기 것으로 소유해야만 한다. 그 외의 다른 모든 것은 그저 찾는 행위일 뿐이요, 우회하는 것이며, 길을 잃는 것일 뿐이다.

싯다르타의 생각은 이와 같았다. 이것이 그의 갈증이고, 이것이 그의 고통이었다.

그는 종종 《찬도기야 우파니샤드》*의 다음 구절을 혼잣말처럼 중얼거렸다. "진실로 바라문의 이름은 사티얌**이로다. 진실로, 그러한 것을 아는 사람은 날마다 천상의 세계에 들어갈 것이로다." 종종 그 천상의 세계라는 것은 가까이 있는 것처럼 보였다. 하지만 싯다르타는 결코 그곳에 완전히 도달하지 못했고, 궁극의 갈증을 해소하지 못했다. 그리고 그가 아는, 그에게 가르침을 준 모든 현명하고 지혜로운 사람 중에서도 그 천상의 세계에 완전히 도달한 사람, 영원한 갈증을 완전히 해소한 사람은 없었다.

"고빈다." 싯다르타가 친구에게 말했다.

"고빈다, 내 사랑하는 친구 고빈다, 이리 와 나와 함께 무화과나무 아래에서 명상을 하자."

그들은 무화과나무 아래로 가 앉았다. 고빈다는 싯다르타가 앉은 곳에서 스무 걸음 정도 떨어진 곳에 앉았다. 싯다르타는 자신을 내려놓고 '옴'을 할 준비를 마친 채 다음 글귀를 반복해서 중얼거렸다.

옴은 활이고, 화살은 영혼이다.
브라만은 화살의 과녁이다.

* '찬양의 우파니샤드'라는 뜻으로 성스러운 노래이다.
** '진리'를 의미한다.

그 과녁을 끊임없이 명중해야 한다.

명상 수행의 시간이 지나자, 고빈다는 일어났다. 저녁이 되자 목욕재계의 시간이 되었다. 그는 싯다르타의 이름을 불렀다. 싯다르타는 대답하지 않았다. 싯다르타는 생각에 잠겨 있었고, 그의 눈은 아주 먼 곳을 응시하고 있었으며, 혀끝이 치아 사이로 약간 튀어나와 숨을 쉬지 않는 것처럼 보였다. 그렇게 그는 앉아 있었다. 묵상에 잠겨 옴을 생각하면서 화살인 그의 영혼을 바라문의 과녁으로 날린 채 그렇게 앉아 있었다.

한번은 사문*들이 싯다르타의 마을을 지나갔다. 순례 중인 이 고행자들은 세 명의 마르고 약해 보이는, 늙지도 젊지도 않은 사람들이었다. 먼지가 내려앉은 어깨에는 피가 흐르고, 거의 벌거벗은 채 햇볕에 그을린 그들은 고독에 싸여 있었다. 속세의 이방인이자 적으로서 그들은 인간 세상에서는 마치 앙상한 자칼처럼 낯설게 보였다. 하지만 그들의 배후에서는 조용한 열정, 파멸적일 정도의 헌신, 자비 없는 자기 부정의 향기가 뜨겁게 풍겨 나오고 있었다.

저녁에 묵상의 시간이 끝나자 싯다르타는 고빈다에게 말했다. "나의 친구여, 내일 아침 일찍 싯다르타는 사문들에게 가서 사문이 될 거라네."

---

* '사문'은 일반적으로는 출가 수행자를 의미하는 말이다. 인도 부처 시대의 종교 사상계는 크게 둘로 구분된다. 하나는 정통파인 바라문 계통이고, 다른 하나는 신흥 사상가 그룹인 사문 계통이다. 사제 계급이라 할 수 있는 바라문에 견주면 '사문'은 승려 계급이라 할 수 있다.

고빈다는 이 말을 듣고 얼굴이 하얗게 변했다. 하지만 친구 싯다르타의 움직임 없는 얼굴을 보고 이미 활시위를 떠난 화살처럼 바꿀 수 없는 결심을 했음을 읽을 수 있었다. 이내 고빈다는 한눈에 이를 깨닫고 생각에 잠겼다.

'이제 시작이다. 이제 싯다르타는 자신의 길을 간다. 이제 그의 운명은 싹트기 시작했고, 나의 운명도 마찬가지이다.'

그러자 그의 얼굴은 바짝 마른 바나나 껍질처럼 창백해졌다.

"오, 싯다르타." 그는 외쳤다. "하지만 자네 아버지께서 허락하실까?" 싯다르타는 이제 막 깨어난 것처럼 고개를 들어 친구를 쳐다보았다. 그는 재빨리 고빈다의 영혼에 서린 두려움, 순종의 마음을 읽었다.

"고빈다, 우리 쓸데없는 말은 하지 말자고."

싯다르타는 조용히 말했다.

"내일 새벽에 나는 사문의 삶을 시작할 거라네. 더 이상의 말은 하지 않도록 하세."

싯다르타는 아버지가 왕골 돗자리를 깔고 앉아 있는 방으로 들어가서 그가 뒤에 사람이 있다는 것을 눈치챌 때까지 잠자코 서 있었다. 아버지가 물었다. "싯다르타, 너냐? 무슨 말을 하러 왔느냐?"

싯다르타가 말했다. "아버님께 허락을 받으러 왔습니다. 저는 내일 아버지의 집을 떠나 수행자들에게 가기를 원합니다. 저의 소원은 사문이 되는 것입니다. 부디 반대하지 말아 주십시오."

아버지는 말이 없었고, 이 침묵은 작은 창문으로 보이는 별들이 그 자리를 바꾸는 게 보일 정도로 오랫동안 지속되었다. 아들은 팔짱을 낀 채 움직이지 않고 조용히 서 있었으며, 아버지도 마찬가지로 돗자리 위에서 조용히 움직이지 않고 앉아 있었다. 하늘에서는 별들이 제 갈 길을 찾고 있었다. 드디어 아버지가 입을 열었다.

"바라문이 거칠고 성난 말을 하는 건 옳지 않다. 하지만 내 마음속에 분노가 이는구나. 나는 너의 입에서 두 번 다시 이러한 요청을 듣고 싶지 않다."

아버지는 천천히 일어났고, 싯다르타는 여전히 팔짱을 낀 채 조용히 서 있었다.

"무엇을 기다리고 있느냐?" 아버지가 물었다.

싯다르타가 대답했다. "아버님은 알고 계십니다."

분개한 아버지는 방을 나갔고, 화가 난 채 자기 침대로 가서 누웠다.

한 시간이 지나도 잠이 오지 않자, 아버지는 일어나 이리저리 걸음을 옮기다 방을 나섰다. 작은 창문을 통해 방 안쪽을 들여다보니, 싯다르타는 팔짱을 낀 채 움직임 없이 서 있었다. 입고 있는 밝은 옷이 희미하게 빛나고 있었다. 아버지는 뭔지 모를 불안을 느끼며 잠자리로 돌아갔다.

한 시간이 더 지나도 잠이 오지 않자, 그는 다시 일어나 이리저리 걸으며 마당으로 나가 달이 떠오른 것을 보았다. 창문을 통해 방을 다시 들여다보니 싯다르타는 팔짱을 낀 채 움직이지 않고 서 있었고, 그의 맨 정강이가 달빛을 받고 있었다. 걱정스러운 마음으로 아버지는 다시 침대로 돌아갔다.

한 시간 후에도 두 시간 후에도 아버지는 작은 창문으로 들여다보았고, 싯다르타는 달빛 속에, 별빛 속에, 그리도 어둠 속에 그렇게 서 있었다. 아버지는 그렇게 매시간 조용히 방을 들여다 보았고, 싯다르타는 계속 같은 곳에 서 있었다. 아버지의 마음은 분노로 불안으로 고뇌로 가득 찼다. 그리고 다시 슬픔으로 가득 찼다.

다음 날 동이 트기 전, 마지막 시간에 아버지는 방으로 들어갔고, 방에 서 있는 젊은 싯다르타를 보았다. 아들이 왠지 키가 크고 낯선 사람처럼 보였다.

"싯다르타, 너는 무엇을 기다리느냐?" 그가 물었다.

"아버님은 알고 계십니다."

"아침이 되고, 정오가 되고, 저녁이 될 때까지 계속 그렇게 서서 기다릴 것이냐?"

"서서 기다리겠습니다."

"싯다르타, 너는 지칠 것이다."

"저는 지칠 것입니다."

"싯다르타, 너는 잠들 것이다."

"저는 잠들지 않을 것입니다."

"너는 죽을 것이다, 싯다르타."

"저는 죽을 것입니다."

"아버지한테 복종하느니 차라리 죽겠다는 것이냐?"

"싯다르타는 항상 아버님께 순종해 왔습니다."

"그렇다면 계획을 포기하겠다는 것이냐?"

"싯다르타는 아버님의 뜻을 따를 것입니다."

날이 밝자 첫 빛줄기가 방 안으로 비쳐 들었다. 아버지는 싯다르타의 무릎이 부드럽게 떨리고 있음을 보았다. 하지만 싯다르타의 얼굴에는 아무런 동요도 없었고, 눈은 먼 곳을 응시하고 있었다. 그때 아버지는 알 수 있었다. 싯다르타는 더 이상 자기 집에서 함께 살고 있지 않다는 것, 즉 그가 이미 떠났음을 깨달았다.

아버지는 싯다르타의 어깨에 손을 얹었다.

"그래, 너는 숲속으로 들어가 사문이 되어라." 아버지가 말했다. "숲에서 해탈의 경지를 느끼게 된다면 돌아와서 나에게도 그 방법을 가르쳐 주어라. 만약 실망하게 된다면 돌아와서 다시 함께 신에게 제물을 바치자. 이제 가서 어머니께 입 맞추고 네가 어디로 가는지 말씀드려라. 나는 강으로 가서 첫 목욕재계를 할 시간이구나."

그는 아들의 어깨에서 손을 떼고는 방을 나갔다. 싯다르타가 걸으려고 발을 떼었을 때 그의 몸은 옆으로 휘청거렸다. 그는 겨우 팔다리를 다시 지탱하고 아버지에게 절을 한 후, 어머니에게 가서 아버지의 말씀대로 행했다.

아직은 고요한 새벽녘, 뻣뻣한 다리를 이끌고 천천히 마을을 나섰을 때, 마을의 마지막 오두막 옆에서 웅크리고 앉아 있던 한 그림자가 일어나 싯다르타의 순례길에 합류했다. 고빈다였다.

"왔군." 싯다르타가 웃으며 말했다.

"그래, 내가 왔다네." 고빈다가 말했다.

사문들과 함께

이날 저녁에 싯다르타와 고빈다는 싯다르타가 보았던 고행자들, 그 마르고 약해 보이던 사문들을 따라잡았고, 그들에게 동행을 제안했다. 그것은 그들에게 순종하겠다는 의미였다. 그리고 그들은 즉시 합류하도록 받아들여졌다.

싯다르타는 거리의 어느 가난한 바라문에게 자기 옷을 벗어 주었다. 그리고 자신은 허리 아래만 겨우 가린 샅바에 꿰매지도 않은 엉성한 흙빛 덧옷을 둘러 입었다. 싯다르타는 하루에 한 번만 식사를 했고, 조리된 음식은 먹지 않았다. 그는 15일간 단식했고, 이내 또 28일간 단식을 했다. 허벅지와 볼살이 빠졌다. 그의 더 커다래진 눈에서는 열렬한 꿈이 깜빡거렸고, 바싹 마른 손가락에서는 긴 손톱이 천천히 자라났으며, 턱에서는 마르고 덥수룩한 수염이 자랐다. 여자를 마주치면 그의 눈빛은 얼음처럼 차가워졌다. 도시를 지날 때 잘 차려입은 사람을 보면 그의 입은 경멸로 일그러졌다. 그는 상인들이 거래하는 모습, 귀족들이 사냥하는 모습,

죽은 자를 위해 통곡하는 애도자들, 몸을 바치는 창녀들, 병든 자를 치료하는 의사들, 씨 뿌리기에 가장 적합한 날을 결정해 주는 사제들, 그리고 연인들이 사랑하는 모습과 어머니들이 아이들에게 젖을 먹이는 모습을 보았다. 그의 눈에는 이런 것들이 모두 가치가 없어 보였다. 모든 것이 거짓말이고, 모든 것이 거짓의 악취를 풍겼다. 그저 의미 있고 즐겁고 아름다운 척할 뿐이었다. 부패한 것을 뒤로 숨기고 있을 뿐이었다. 그에게 세상은 쓰고, 인생은 고통에 지나지 않았다.

싯다르타 앞에 놓인 목표는 단 하나, 비우는 것이었다. 갈증도, 소망도, 꿈도, 기쁨도, 슬픔도 모두 비워 버리는 것. 이기심을 죽이고, 더 이상 자아에 집착하지 않으며 비워진 마음으로 평온을 찾는 것, 이타적인 생각들 속에 기적을 받아들이는 것, 그것이 바로 그의 목표였다. 모든 이기심이 죽고 자아가 극복되면, 모든 욕망과 충동이 마음속에서 잠잠해지면, 존재의 가장 깊은 곳, 궁극적인 그 부분에서 위대한 비밀이 깨어날 것이라 믿었다.

말없이, 싯다르타는 불타는 태양 빛에 직접 몸을 드러냈다. 고통과 갈증으로 몸이 이글거렸고, 나중에는 더 이상 고통도 갈증도 느끼지 못할 때까지 같은 자리에 그렇게 서 있었다. 그는 장마철에도 그곳에 그렇게 말없이 서 있었다. 머리카락에서 물이 주룩주룩 흘러내려 얼어붙은 어깨와 엉덩이, 다리로 흘러내려도 참회자 싯다르타는 거기에 서 있었다. 어깨와 다리에 더 이상 추위를 느끼지 못할 때까지, 어깨와 다리가 침묵하고 조용해질 때까지 그렇게 서 있었다. 묵묵히, 그는 가시덤불 속에 몸을 웅크리고 앉았다. 쓰라린 피부에서는 피가 뚝뚝 떨어졌고, 곪은 상처에서는 고름이 흘러내렸다. 싯다르타는 더 이상 피가 흐르지 않고, 더 이상 따갑지 않고, 더 이상 찌르는 느낌이 없을 때까지 완고하게 그곳에 앉아 있었다.

싯다르타는 똑바로 앉아서 숨을 적게 쉬는 법을 배웠다. 몇 번의 호흡만으로 견디는 법, 그리고 아예 호흡을 멈추는 법을 배웠다. 숨을 쉬는 것부터 시작해 심장 박동을 진정시키고, 그 심장 박동이 점점 줄어 거의 없는 상태가 되는 법을 배웠다.

가장 연로한 사문의 가르침을 받아 싯다르타는 새로운 사문 규칙에 따라 자기 부정과 명상을 연습했다. 대나무 숲 위로 왜가리 한 마리가 날아들었다. 싯다르타는 그 왜가리를 자신의 영혼으로 받아들였다. 왜가리가 되어 숲과 산을 날아다니며 물고기를 먹고, 왜가리의 배고픔을 느끼고, 왜가리의 울음소리를 내고, 왜가리의 죽음을 자신도 함께 느꼈다. 죽은 자칼이 모래톱에 누워 있었다. 싯다르타의 영혼은 자칼의 사체 속으로 들어가 죽은 자칼이 되어 모래톱에 누웠다. 그 자칼의 사체는 부풀어 오르고, 악취가 나고, 썩고, 하이에나에 의해 찢기고, 독수리에게 뜯겨 가죽이 벗겨지고, 해골로 변하여 마침내 먼지가 되어 들판으로 날렸다. 싯다르타의 영혼은 다시 자신에게로 돌아왔다. 그의 영혼은 죽고 썩어 먼지처럼 흩어지는 순환의 우울한 도취를 맛보았다. 싯다르타는 틈을 노리는 사냥꾼처럼 새로운 목마름으로 그 순환에서 빠져나올 수 있는 순간을 기다렸다. 인과응보의 끝, 고통 없는 영원이 시작되는 틈이었다. 그의 영혼은 감각을 죽이고, 기억을 죽이고, 자아에서 빠져나와 수천 가지 다른 모습으로 변했다. 동물이 되고, 썩은 고기가 되고, 돌이 되고, 나무가 되고, 또 물이 되기도 하였지만 매번 깨어나 예전의 자신, 그 자아를 다시 느껴야 했다. 해가 비치고, 달이 뜨고, 시간이 흘러도 매번 다시 자아로 돌아오는 순환의 고리, 그 속에서 싯다르타는 갈증을 느꼈고, 그 갈증을 극복하면 또다시 다른 새로운 갈증을 느꼈다.

싯다르타는 사문들과 함께하면서 많은 것을 배웠다. 자아에서 벗어나는 여러 방법을 배웠다. 그는 자발적으로 괴로움을 겪고, 배고픔, 갈증, 피로를 극복함으로써 자기 부정의 길을 갔다. 그는 또 명상을 통해 모든 관념을 비운 텅 빈 정신을 연습함으로써 자기 부정의 길을 갔다. 이런저런 방법으로 그는 수천 번이나 자신을 떠나는 법을 배웠다. 수천 번 자아를 떠나 몇 시간이고 몇 날이고 자아가 없는 상태로 있었다. 하지만 그렇게 많은 방법을 써서 자아로부터 멀어졌지만, 그 끝은 언제나 다시 자아로 돌아오는 것이었다. 싯다르타는 천 번이나 자아에서 도망쳐 무無에 머물렀고, 동물이나 돌에 머물렀지만, 다시 자아로 돌아올 수밖에 없었다. 피할 수 없는 시간과 함께 그는 햇빛과 달빛, 그늘과 빗속에서 다시 자신을, 자아를, 싯다르타를 발견할 뿐이었고, 그에게 강요된 이러한 순환의 고리에서 빠져나오지 못한 채 고통받았다.

그의 곁에는 그의 그림자인 고빈다가 있어, 같은 길을 걸었으며, 같은 노력을 기울였다. 그들은 참배하고 수행하는 것 외에는 거의 말을 하지 않았다. 가끔 둘은 자신들과 스승들을 위해 마을을 돌아다니며 먹을 것을 구걸하곤 했다.

"고빈다, 어떻게 생각하나?" 하루는 싯다르타가 고빈다에게 물었다. "우리가 얼마나 발전했다고 생각하나? 우리가 목표에 도달한 걸까?"

고빈다는 대답했다. "우리는 많이 배웠고, 앞으로도 계속 배울 거잖나. 자네는 훌륭한 사문이 될 거야. 싯다르타 자넨 모든 수행법을 빠르게 배웠고, 연로한 사문들도 자네를 많이 존경한다네. 언젠가 자네는 자네가 원하는 그 성인이 되어 있을 거네."

싯다르타는 말했다. "나는 그렇게 되지는 않을 것 같다네, 고빈다. 오히려 마을의 창녀들이 있는 선술집이나 마부들과 노름꾼들 사이에 있었더라면 내가 지금까지 사문들한테 배운 것을 더 빨리 배울 수 있었을지도 몰라."

고빈다가 말했다. "싯다르타, 날 놀리는 건가? 그런 비천한 사람들 사이에서 자네가 어떻게 명상을 배워! 숨을 참는 법을, 배고픔과 고통에 무감해지는 법을 어떻게 배울 수 있다는 건가?"

그러자 싯다르타는 혼잣말하듯 조용히 말했다. "무엇이 명상이지? 몸을 떠난다는 게 뭐지? 단식이란 무엇이며, 또 숨을 참는다는 건 뭐지? 그건 자아에서 도망치는 것에 불과해. 자아라는 고통에서 잠깐 도피해 고통과 인생무상에 잠시 무감각해지는 것뿐이라고. 그런 거라면 소달구지 운전자들이 여인숙에서 막걸리를 마시거나 발효된 야자유를 마시면서 느끼는 것도 똑같은 거 아닐까? 그들도 그런 순간에 자아에서 벗어나 잠시지만 삶의 고통을 잊고 감각이 마비되는 걸 느끼잖아. 그렇게 막걸리 한 사발을 마시고 잠이 드는 것과 이 싯다르타와 고빈다가 오랜 수행을 통해 배운 육신을 벗어나 자아로부터 멀리 떨어지는 것이 뭐가 다를까? 나는 이런 생각이 든다네, 고빈다."

고빈다는 말했다. "친구여, 그렇지만 자네는 알고 있지 않은가. 싯다르타는 소달구지 운전사가 아니고, 사문들은 술꾼이 아니라는 걸 말이네. 물론 맞아, 그런 행위가 술꾼의 감각을 마비시키고 자기 자신에게서 잠시 탈출해 쉬게 하는 건 사실이지. 그렇지만 술이 깨어 다시 돌아오면 그가 발견하는 건 뭘까? 아무것도 달라진 건 없고, 더 현명해지지도 않아. 깨달음은 더더군다나 얻지 못하지. 단 몇 걸음도 앞으로 나아가지 못한 자신을 발견할 뿐이란 말이네."

그러자 싯다르타가 웃으며 말했다. "모르겠네, 나는 한 번도 술꾼이 돼 본 적이 없어서. 하지만 나는 수행이나 명상에서 배운 게 잠시 무감각해지는 것 말고는 없는 것 같다네. 어린아이가 어머니의 자궁에 갇혀 있는 것처럼 나는 지혜나 구원에서 멀리 떨어져 있는 것처럼 느껴진다네. 내가 느끼는 게 그거라네."

얼마 후, 싯다르타는 고빈다와 함께 선배들과 스승들을 위해 마을에 가서 음식을 얻으려고 숲을 떠나면서 이런 말을 꺼냈다. "이제 어찌해야 할까, 고빈다? 우리가 올바른 길을 가고 있는 걸까? 우리가 깨달음에 가까워지고 있는 걸까? 구원에 더 가까워질 수 있을까? 아니면 우리도 결국 벗어났다고 생각했지만, 그저 그 순환의 고리 안에서 돌고 있는 건 아닐까?"

고빈다는 대답했다. "싯다르타, 우리는 많은 걸 배웠다네. 앞으로도 많은 것을 배울 테고 말이야. 우리는 순환의 고리 안에서 돌고 있는 게 아니고 위로 올라가고 있는 거야. 그 고리는 나선형이고, 우리는 이미 많은 단계를 올라왔지."

싯다르타가 말했다. "우리 사문들 중 가장 나이가 많은 스승님이 몇 살이라고 생각하나?" 고빈다는 말했다. "아마 예순 살 정도일 것 같은데." 그러자 싯다르타는 말을 이었다. "그분은 육십 년을 살았지만, 열반에 이르지 못했네. 그분은 칠십이 되고 팔십이 될 것이고, 자네와 나도 똑같이 늙어 갈 거야. 늙어 가면서 수행도 하고 금식도 하고 명상도 할 테지만 우리는 열반에 이르지 못하겠지. 그분도, 우리도 말이야. 오 고빈다, 내 생각에는 모든 사문 중에서 아무도, 아마 단 한 명도 열반에 이르지 못할 거 같아. 우리는 위안을 얻고, 무감각해지는 걸 배워. 말하자면 우리 자신을 속이는 재주 같은 거지. 하지만 가장 중요한 것, 가야 할 길 중에 길은 배우지도 못하고 찾지도 못할 거라네."

고빈다는 말했다. "싯다르타, 어찌 그런 끔찍한 말을 하나! 그 많은 학식 있는 사람들 가운데서, 그 많은 바라문들 중에서, 그 많은 엄격하고 존경할 만한 사문들 중에서, 아무도 그 길을 못 찾는다고? 그렇게 찾기 위해 간절히 노력하는 그 많은 거룩한 사람들 중에서 아무도 그 길을 찾지 못할 거란 말인가?"

싯다르타는 조용히, 슬픔과 조롱이 섞인 목소리로 이렇게 말했다. "고빈다, 자네의 친구 싯다르타는 사문의 길에서 떠날 거라네. 나는 오랫동안 자네 곁을 걸어왔지만, 갈증으로 고통받고 있다네. 오 고빈다, 이 긴 사문의 길에서 나의 갈증은 그 어느 때보다도 강해졌네. 나는 항상 지식에 목말랐고, 항상 질문으로 가득했지. 해마다 바라문들에게 물었고, 거룩한《베다》경전에 물었고, 또 해마다 헌신적인 사문들에게 물었어. 오 고빈다, 만약에 내가 코뿔새나 침팬지에게 물었대도 똑같이 배웠을 것이고, 이보다 덜 유익하진 않았을 거네. 나는 오랜 시간을 배웠고, 아직도 배움을 끝내지 못했어. 그런데 고빈다, 배울 것이라곤 애초에 없었던 게 아닐까? 우리가 '배움'이라고 말하는 그런 것은 없어. 오 고빈다, 세상에는 단 하나의 깨달음이 있을 뿐이야. 그리고 그건 어디에나 존재하지. 그게 아트만이라네. 아트만은 내 안에, 자네 안에, 그리고 모든 피조물 안에 있어. 그래서 나는 이 깨달음이라는 것에 알고자 하는 욕망, 즉 배움보다 더 나쁜 적은 없다고 믿게 되었다네.”

이 말에 놀라 고빈다는 가던 길을 멈추고 손을 들어 말했다. “싯다르타, 자넨 이런 이야기로 친구를 괴롭히면 좋나? 자네 말을 들으니 참으로 내 마음에 두려움이 몰려온다네. 생각을 해 보게. 자네가 말한 대로 배움이라는 것이 없다면 기도의 신성함, 바라문 계급의 존귀함, 사문들의 거룩함은 다 뭐가 되지? 싯다르타, 그러면 이 모든 신성하고 소중하고 귀중한 것들은 다 뭐가 되냐고?”

고빈다는 《우파니샤드》의 한 구절을 혼잣말처럼 중얼거렸다.

정화된 정신으로 자신을 잃고 아트만을 찾는 명상자여,
그의 마음속 기쁨은 말로 표현할 수 없어라.

하지만 싯다르타는 침묵을 지켰다. 그는 고빈다가 중얼거린 구절에 관해 생각했다. 그 말의 궁극적 의미에 관해 생각했다. 그렇다. 그는 고개를 숙인 채 그곳에 서서 생각했다. 우리에게 신성했던 모든 것 중 무엇이 남을까? 무엇이, 무엇이 시험을 이겨 낼 것인가? 그는 고개를 저었다.

두 젊은이가 사문들 사이에서 같이 수행하며 산 지 3년 정도 지난 때였다. 한 풍문이 여러 경로를 거쳐 들려왔다. 고타마라는 이름의 부처*라 불리는 한 남자가 나타났으며, 그는 고귀하고 깨달은 자로서, 세상의 고통을 극복하고 윤회의 순환을 멈추었다는 것이었다. 그는 제자들에 둘러싸인 채로 가르침을 전하며 살고, 집도 아내도 없으며, 소유한 것이라고는 하나도 없이 고행자의 노란 덧옷을 입고 돌아다닌다고 했다. 그는 밝은 이마를 지닌 축복받은 자로, 바라문과 귀족들이 그 앞에서 절을 하고 그의 제자가 된다고 했다.

이 전설 같은 풍문이 여기저기서 울려 퍼졌고, 그 이야기에서는 향기가 피어올랐다. 마을에서는 바라문들이 그의 이야기를 했고, 숲에서는 사문들이 또 고타마의 이름을 말했다. 이윽고 고타마 부처의 이름은 이 두 젊은이의 귀에도 들려왔다. 고타마를 칭찬하는 말도 비방하는 말도 모두 들려왔다.

마치 한 나라에 전염병이 창궐하는데, 어디선가 말과 숨결만으로 전염병에 걸린 모든 사람을 치료할 수 있는 지혜로운 사람이 나타났다는 소문이 온 나라에 퍼지는 것 같은 현상이었다. 모든 사람이 그 사실에 관해 이야기할 때, 많은 이들은 믿기도 하고 의심하기도 했지만, 또 다른 많은 이들은 이 지혜로운 사람, 도움을 주는 사람을 찾기 위해 가능한 한 빨리 길을 떠났다. 이런 현상과 함께 고타마 부처, 석가족** 출신의 지혜로운 이 사람에 관한 향기로운 신화가 퍼져 나갔다. 그는 가장 높은 깨달음을 얻은 자였고, 전생을 기억하고 열반에 도달했으며, 다시는 윤회의 순환으로

---

* 산스크리트어로는 붓다이며, '깨달은 자' 또는 '눈을 뜬 자'라는 뜻이다.
** 산스크리트어 '샤카(Śākya)'의 음역어로, 고대 인도의 종족 이름이다.

되돌아가지 않는다고, 다시는 육신의 어두운 강에 잠기지 않을 거라고 신자들은 말했다. 그에 관한 놀랍고도 믿을 수 없는 이야기들이 많이 들려왔다. 그는 기적을 행하고 악마를 물리치며 신들과 이야기한다고 했다. 하지만 그의 적들과 불신자들은 고타마는 헛된 유혹자로, 사치스럽게 생활하고, 공양을 경멸하여 배우지 않으며, 수행이나 자기 성찰도 알지 못한다고 했다.

부처의 이야기는 달콤하게 들렸다. 이런 소문에서는 마법의 향기가 흘렀다. 결국 세상은 병들었고, 삶은 견디기 힘들었다. 하지만, 보라! 이런 이야기들에서는 샘물이 솟아나는 것처럼 보였고, 위로와 온화함, 고귀한 약속으로 가득 찬 전언이 들려오는 것 같았다. 부처에 관한 소문이 도는 모든 곳에서, 인도 땅의 모든 곳에서 젊은이들은 귀를 기울이고, 갈망을 느끼고, 희망을 느꼈다. 그래서 도시와 마을의 바라문 계급의 아들들은 이 고귀한 분, 석가모니*에 관한 소식을 전해 오는 사람이면 순례자든 이방인이든 모두 환영받았다.

그 소문은 숲속의 사문들에게도 전해졌다. 소문은 물방울처럼 흘러들었다. 싯다르타와 고빈다도 천천히 희망과 또 의심에 찬 소문이 한 방울 한 방울 흘러드는 것을 느꼈다. 하지만 싯다르타와 고빈다는 그것에 관해 거의 이야기하지 않았다. 왜냐하면 가장 나이가 많은 사문이 이 소문을 좋아하지 않았기 때문이다. 이 고령의 사문은 그 부처가 전에는 숲에서 수행하던 고행자였지만 다시

* '석가'라는 민족의 명칭과 성자를 뜻하는 '모니(muni)'가 합쳐진 합성어로, 즉 '석가모니'라 함은 석가족(族) 출신의 성자라는 뜻이다.

세속으로 돌아갔다고 들었기 때문에, 그 고타마 부처에 관해 높게 평가하지 않았다.

"오 싯다르타." 고빈다가 어느 날 친구에게 말했다. "오늘 마을에 갔더니 한 바라문이 나를 자기 집으로 초대하더군. 그 집 아들은 마가다*에서 왔는데, 부처를 직접 눈으로 보고 부처의 가르침을 직접 들었다고 하지 뭔가. 그 말을 들으니 나는 숨을 쉴 때마다 뭔가가 가슴을 팍팍 찌르는 것 같았네. 그래서 혼자 생각했지. 나와 자네, 우리가 함께 그 완전한 분인 부처의 가르침을 직접 들을 수 있다면 좋겠다고 말이야. 싯다르타, 어떤가? 자네도 그곳에 가서 부처의 입에서 나오는 가르침을 직접 듣고 싶지 않나?"

싯다르타가 말했다. "오 고빈다, 나는 항상 자네가 여기의 사문들과 함께 머물면서 예순 살, 일흔 살이 되어도 진정한 사문이 되는 수행을 계속할 거라 생각했네. 하지만 보게나, 나는 자넬 알지 못했던 거야. 자네 마음을 조금도 알지 못했던 거지. 고빈다, 나의 충실한 친구여, 자네는 새로운 길을 택하여 부처가 가르침을 전파하는 곳으로 가길 원하는군."

고빈다는 대답했다. "자네는 나를 조롱하는군. 원한다면 조롱해도 좋네. 하지만 싯다르타, 자네 또한 이 가르침을 듣고자 하는 열망과 열의를 키우지 않았나? 그리고 한때는 나에게 더 이상 사문의 길을 걷지 않겠다고 말한 적도 있지 않은가?"

이 말에 싯다르타는 그만의 방식으로 웃었는데, 그 목소리에

---

* 인도 북부의 여러 나라 중 하나인 마가다국으로, 석가모니는 출가 후 초기에는 마가다에서 선정을 닦았다.

는 슬픔과 조롱이 섞여 있었다. "음, 고빈다. 그래, 말 잘했네. 정확하게 기억하고 있군. 그런데 그것 말고 내가 한 또 다른 말도 기억하는지 모르겠구먼. 내가 말했지. 가르침과 배움에 불신을 느끼고 지쳤다고. 그리고 스승님들이 우리에게 전해 주는 말에 관한 내 믿음이 작다고도. 어쨌든 그래, 자네가 원하는 대로 부처에게 가세. 부처의 가르침에 기꺼이 귀를 기울여 보자고. 비록 나는 우리가 그 가르침이 베풀 수 있는 최고의 열매를 이미 맛보았다고 믿지만 말이야."

고빈다가 말했다. "자네가 기꺼이 그렇게 한다니 기쁘네. 하지만 말해 보게나. 어떻게 그게 가능하지? 우리는 고타마의 가르침을 듣지도 않았는데, 그 가르침이 베풀 수 있는 최고의 열매를 이미 맛보았다니, 어떻게 그럴 수 있단 말인가?"

싯다르타가 말했다. "일단 이 열매를 먹고, 나머지 열매는 기다려 보기로 하세. 고빈다, 우리가 이미 맛본 열매란 바로 고타마가 우리를 사문들 사이에서 불러냈다는 거라네. 고타마가 우리에게 줄 다른 더 좋은 것들을 갖고 있는지는 평온한 마음으로 기다려 보면 알 수 있겠지."

바로 이날, 싯다르타는 가장 나이가 많은 사문에게 자신의 결심을 알리고 그를 떠나겠다고 말했다. 그는 아랫사람이며 제자로서, 예의와 겸손을 갖추어 가장 연로한 스승에게 그 결심을 알렸다. 하지만 그 스승은 화를 냈다. 두 젊은이가 자신을 떠나려 한다며 목소리를 높이고 욕설을 퍼부었다.

고빈다는 깜짝 놀라 당황했다. 하지만 싯다르타는 고빈다의 귀 가까이에 입을 대고 속삭였다. "이제, 나는 이 노인한테서 배운 걸 그에게 그대로 보여 줄 거라네."

그 사문 앞에 바짝 다가간 싯다르타는 완전히 집중력을 발휘하여 자신의 시선으로 노인의 시선을 제압하고, 그의 힘을 빼앗고, 그를 벙어리로 만들고, 그의 자유 의지를 빼앗아 싯다르타가 요구하는 대로 조용히 따르도록 명령했다. 노인은 벙어리가 되었고, 눈은 움직이지 않았고, 의지가 마비되고, 팔에 힘은 다 풀려 버렸다. 그는 싯다르타의 주문에 걸려들었다. 싯다르타의 생각은 그 늙은 사문을 지배하였고, 자신이 명령한 것을 수행하도록 한 것이다.

노인은 여러 번 절을 하고, 축복한다는 몸짓을 하더니, 좋은 여행이 되기를 바란다고 더듬더듬 말했다. 싯다르타와 고빈다도 절을 하며 감사했다고 화답하고 그들의 길을 떠났다.

가는 길에 고빈다가 말했다. "오 싯다르타, 자네는 내가 알고 있던 것보다 더 많은 것을 배웠더군. 늙은 사문에게 주문을 거는 건 정말 어려운 일이잖나. 만약 자네가 그곳에 계속 머물렀다면 자네는 곧 물 위를 걷는 법도 배웠을 것 같네."

"나는 물 위를 걷고 싶은 생각은 없다네." 싯다르타가 말했다. "늙은 사문들이나 그런 재주에 실컷 만족하라지!"

고타마

　사바티[*] 마을에서는 모든 어린이가 고귀한 부처의 이름을 알고 있었으며, 모든 집에서 고타마 부처의 제자들이 들고 다니는 보시 그릇을 채울 준비가 되어 있었다. 마을 근처에는 고타마가 가장 머물기 좋아하는 장소인 기원정사[**]가 있었다. 부처를 순종적으로 숭배하는 부유한 상인 아나타핀디카가 고타마와 그의 제자들에게 선물로 지어 준 곳이었다.

　두 젊은 수행자가 고타마의 거처를 찾아다니며 들은 모든 이야기가 이 지역을 가리켰기에 그들은 사바티로 왔다. 싯다르타와 고빈다가 시주를 받기 위해 첫 번째 집의 문에 들어서기도 전에 여인이 음식을 건네 주었다. 그들은 음식을 받고 여인에게 물었다.

　"오 자비로운 분이시여, 우리는 부처가 어디에 계시는지 알고

[*] 고대 인도의 도시로, 석가모니와 인연이 많은 곳이다. 기원정사가 이곳에 있다.
[**] 석가모니 부처가 설법을 행한 장소로, '정사(精舍)'란 정련행자(精練行者)들, 즉 신앙에 따라 수행을 계속하는 사람들이 머무르는 곳이라는 뜻이다.

싶습니다. 우리는 숲에서 온 사문입니다. 완전한 분인 그분을 뵙고, 그분의 가르침을 듣기 위해 왔습니다."

여인은 말했다. "당신들은 여기에 제대로 찾아왔습니다. 아나타핀디카의 정원에 기원정사가 있는데, 거기에 부처가 머무르고 계십니다. 순례자들은 그곳에서 밤을 보내죠. 많은 이들을 수용하기에 충분히 넓은 공간이 있거든요. 부처의 가르침을 듣기 위해 이곳으로 수많은 사람이 몰려든답니다."

이에 고빈다는 행복해하며 기쁨에 가득 차 외쳤다. "자, 이렇게 우리는 목적지에 도착했고, 여행길도 끝이 났군요! 순례자들의 어머니시여, 당신은 그를 알고 있습니까? 부처를 직접 보셨습니까?"

여인이 말했다. "저는 그 고귀하신 분을 여러 번 뵈었답니다. 노란 가사를 두르고, 조용히 골목을 걷는 그분을 여러 날 보았죠. 말없이 보시 그릇을 문 앞에서 내미시고는 가득 채워 가시는 걸 봤습니다."

고빈다는 기꺼이 귀를 기울였고, 더 많은 것을 묻고, 듣고 싶어 했다. 하지만 싯다르타는 그에게 계속 가자고 재촉했다. 그들은 감사의 인사를 하고 떠났다. 이 고타마의 마을에는 기원정사로 가는 순례자들과 사문들이 많이 있었기 때문에 그 여인에게 길을 자세히 물어볼 필요가 없었다. 싯다르타와 고빈다는 밤이 되어서야 그곳에 도착했다. 늦은 시간인데도 잠자리를 구하러 오는 사람들이 끊이지 않았고, 그들은 큰 목소리로 외치기도 하면서 많은 이야기를 떠들어 댔다. 싯다르타와 고빈다는 사문으로서 숲속 생활에 익숙했기에 그곳의 넓은 정원에서 재빨리 쉴 곳을 찾았고, 아침까지 머무르며 휴식을 취했다.

해가 뜰 무렵, 그들은 수많은 신자와 호기심 많은 이들이 이곳에서 밤을 보냈다는 사실에 놀라움을 금치 못했다. 기원정사의 정원 숲 모든 길은 사문들이 노란 승복을 입고서 걷거나, 나무 아래 여기저기에 앉아 깊은 사색에 잠기거나, 영적인 문제에 관해 대화하느라 분주했다. 그늘진 정원은 벌 떼처럼 웅성거리는 사람들로 가득하여 마치 하나의 도시처럼 보였다. 사문들 대부분은 하루 중 유일한 식사인 점심을 얻기 위해 보시 그릇을 들고 시내로 나갔다. 깨달음을 얻은 부처도 아침마다 시주를 얻으러 이 길로 나섰다.

싯다르타는 부처를 보자마자, 마치 신이 그에게 누가 부처인지 가르쳐 주기라도 한 듯 한눈에 알아보았다. 그는 노란 가사를 입은 소박한 남자였는데, 보시 그릇을 손에 들고 조용히 걷고 있었다.

"저길 보게!" 싯다르타는 고빈다에게 조용히 말했다. "저분이 부처라네."

고빈다는 주의 깊게 노란 가사를 입은 승려를 바라보았다. 다른 수백 명의 승려들과 전혀 다르지 않아 보였다.

하지만 곧 고빈다도 깨닫게 되었다. '바로 이 사람이다.' 그리고 싯다르타와 고빈다는 그를 따라가 관찰했다.

부처는 겸손한 태도로 생각에 깊이 잠긴 채 자신의 길을 갔다. 차분한 얼굴은 행복하지도 슬퍼 보이지도 않았고, 조용히 내면으로 미소 짓는 것만 같았다. 부처는 그처럼 숨겨진 미소를 지닌 얼굴로, 조용하고 차분하게 마치 건강한 아이처럼 걸었다. 그는 다른 승려들처럼 법복을 입은 채 정확한 규칙에 따라 발걸음을 옮겼다. 하지만 그의 얼굴과 그의 발걸음, 조용히 아래를 향한 시선, 조용히 내리뻗은 손, 심지어 그 조용히 내리뻗은 손의 손가락들에서까지 평화와 완전함의 분위기가 풍겼다. 무언가를 구함도 없이, 무언가를 모방하지도 않고, 흔들림 없는 평온 속에, 흔들림 없는 빛 속에, 범접할 수 없는 평화 안에서 그는 부드럽게 숨 쉬고 있었다.

그렇게 고타마는 시주를 받기 위해 마을을 향해 걸어갔고, 두 사문, 싯다르타와 고빈다는 그의 완벽한 평온함만으로, 구하지도 않고 욕망도 없는, 보이는 것에 신경 쓰지 않는 그 고요함만으로, 오직 빛과 평화로움만으로, 그가 부처임을 알아보았다.

"오늘 우리는 그의 입에서 나오는 가르침을 직접 듣게 될 거라네." 고빈다가 말했다.

싯다르타는 대답하지 않았다. 그는 가르침에 관해 호기심이 거의 없었고, 새로운 것을 가르쳐 줄 거라고 믿지 않았다. 고빈다가 그렇듯이 싯다르타도 부처의 가르침이 무엇인지 이미 들어 알고 있었다. 설령 그것이 두 번 세 번 거쳐 들은 이야기일지라도 말이다. 싯다르타는 고타마의 머리, 어깨, 발, 고요한 표정, 조용히 내리뻗은 손과 그 손의 모든 손가락, 그리고 그 손가락의 모든 관절이 이 가르침에 관해 말하고, 숨을 내쉬고, 진리의 향기를 내뿜고, 진리의 빛을 발하는 것처럼 보였다. 이 사람, 이 부처는 그의 마지막 손가락의 움직임까지도 진실했다. 이 사람은 거룩했다. 싯다르타는 이렇게 한 사람을 숭배한 적이 없었다. 이 사람만큼 사랑한 적이 없었다.

두 사람은 마을에 도착할 때까지 부처를 따라가다가 조용히 되

돌아왔다. 이날은 시주받지 않고 굶기로 했기 때문이다. 그들은 고타마가 돌아오는 것을 보았고, 그가 먹는 것을 보았는데, 거의 새처럼 조금 먹을 뿐이었다. 그리고 그가 망고나무 그늘로 물러나는 것을 보았다.

저녁이 되자, 더위가 식고 정원에 있던 모든 사람이 부처의 가르침을 듣기 위해 모여드느라 분주해졌다. 고타마의 목소리는 완전하고, 또 완전한 평온과 평화가 가득했다. 그는 고통에 관해, 그리고 그 고통이 어디에서 오는지, 또 그 고통에서 어떻게 벗어나는지를 가르쳤다.

고타마는 차분하고 명료하게 조용히 설법을 이어갔다. 고통은 삶이고, 세상은 고통으로 가득 차 있지만 고통에서 구원받는 길은 이미 발견되었다. 구원은 부처의 길을 걷는 사람만이 얻는 것이었다. 부처는 부드럽고도 확고한 목소리로 네 가지 주요 교리(사성제)*를 가르쳤다. 그리고 여덟 가지의 바른길(팔정도)**을 가르쳤다. 참을성 있게 그는 평범한 길을 갔다. 그는 가르침, 예시, 반복이라는 평범한 방식으로 설법했다. 밝고 조용하게, 그의 목소리는 빛처럼, 별이 빛나는 하늘처럼 청중들 위로 맴돌았다.

밤이 이미 물러갔을 때, 부처의 설법이 끝났다. 많은 순례자가 앞으로 나와서 부처의 공동체로 받아들여 달라고 요청하며 가르

---

* 사성제(四聖諦)는 영원히 변하지 않는 네 가지 성스러운 진리. 고제(苦諦), 집제(集諦), 멸제(滅諦), 도제(道諦)를 이른다.
** 팔정도(八正道)는 깨달음과 열반으로 이끄는 올바른 여덟 가지 길. 정견(正見), 정사유(正思惟), 정어(正語), 정업(正業), 정명(正命), 정정진(正精進), 정념(正念), 정정(正定)이다.

침의 안식처를 구했다. 그리고 고타마는 그들을 받아들이며 이렇게 말했다. "여러분은 그 가르침을 잘 들었습니다. 그러므로 우리와 함께 모든 고통을 끝내기 위해 거룩하게 걸어갑시다."

그러자 수줍음이 많은 고빈다도 앞으로 나와서 말했다. "저 또한 고귀한 분과 그분의 가르침에 귀의하려 합니다." 그리고 그는 자신을 부처의 제자로 받아들여 달라고 간청했으며 그렇게 받아들여졌다.

그 직후 부처가 밤이 되어 물러갔을 때 고빈다는 싯다르타를 향해 간절히 말했다. "싯다르타, 내가 자네를 꾸짖으려는 것이 아니라, 우리 둘 다 고귀한 분의 말씀을 들었고, 우리 둘 다 그 가르침을 인식하지 않았나? 나는 그 가르침을 들었고, 그 가르침 안에 귀의하기로 했네. 하지만 나의 존경하는 친구여, 자네는? 자네도 구원의 길을 걷고 싶지 않나? 왜 주저하는 건가? 왜 더 기다리려는 거지?"

싯다르타는 마치 잠에서 깬 것처럼 정신이 들었고, 고빈다의 말을 들었다. 그는 한참 동안 고빈다의 얼굴을 바라보았다. 그러고는 조용히 말했는데, 조롱은 전혀 섞여 있지 않았다. "고빈다, 내 친구여, 이제 자네는 이 길을 선택하고 발걸음을 내디뎠네. 오 고빈다, 자넨 언제나 내 친구였고, 항상 나보다 한 발짝 뒤에서 걸어왔지. 나는 종종 생각했었네. 고빈다도 이번엔 나 없이 혼자서, 자신의 영혼에서, 그렇게 한 걸음 내딛지 않을까? 그런데 봐 보게. 이제 자네는 어른이 되어 스스로 길을 선택하고 있네. 오 내 친구여, 나는 자네가 그 길을 끝까지 가서 구원을 찾기를 바라네!"

아직 그의 말을 완전히 이해하지 못한 고빈다는 초조한 말투로 반복해서 물었다. "말해 보게! 다른 방법은 있을 수 없다네. 지적이고 학식 있는 내 친구여, 자네도 고귀한 부처 안에 귀의할 거지?"

싯다르타는 고빈다의 어깨에 손을 얹었다. "자네는 내가 자넬 위해 빌어 주는 좋은 소원을 듣지 못했군. 다시 말하겠네. 나는 자네가 이 길을 끝까지 가서 구원을 얻길 바란다네!"

이 순간 고빈다는 친구가 이미 자신을 떠났다는 사실을 깨달았다. 고빈다는 울기 시작했다.

"싯다르타!" 그는 애처롭게 외쳤다.

싯다르타는 고빈다에게 친절하게 말했다. "고빈다, 자네는 이제 부처의 사문 중 하나라는 것을 잊지 말게! 자네는 자네의 집과 부모를 버리고, 출생과 소유물도 다 버리고, 또 자유 의지마저 포기하였네. 모든 우정도 버렸지. 이것이 가르침이 요구하는 것이고, 고귀한 이가 원하는 거라네. 그리고 이것이 바로 자네 스스로가 원했던 것이고. 오 고빈다, 나는 내일 자네를 떠날 거라네."

오랫동안, 두 친구는 숲속을 계속 걸었다. 오랫동안, 그들은 거기에 누워 잠을 이루지 못했다. 그리고 고빈다는 계속해서 친구에게 왜 고타마의 가르침에 귀의하고 싶지 않은지, 고타마의 가르침에 무슨 잘못이라도 있는지 물었다. 하지만 싯다르타는 매번 그를 바라보지 않고 이렇게 말했다. "그런 말이 아니라네, 고빈다! 부처의 가르침은 매우 훌륭하다네. 내가 어떻게 감히 그 가르침에서 결점을 찾을 수 있겠나."

매우 이른 아침, 부처의 가장 오래된 추종자 중 한 명인 나이든 승려가 정원을 지나가며 처음으로 이곳에 귀의하는 수련생들을 모두 불러냈다. 그들에게 노란 법복을 입도록 했고, 그들의 위치에서 지켜야 할 의무를 알려 주고 첫 가르침을 주었다. 고빈다는 무리에서 빠져나와 그의 어린 시절 친구를 다시 한번 껴안은 후 수련생들과 함께 떠났다.

싯다르타는 정원 숲을 걸으며 생각에 잠겼다.

그러다 우연히 그 고귀한 분, 고타마를 마주쳤다. 그는 존경심을 담아 그에게 인사를 했고, 부처는 친절함과 침착함이 가득한 눈으로 그를 바라보았다. 싯다르타는 용기를 내어 부처에게 말할 수 있도록 허락해 달라고 했다. 그 고귀한 분은 조용히 고개를 끄덕였다.

싯다르타는 말했다. "존귀하신 이여, 어제 저는 당신의 놀라운 가르침을 듣는 영광을 누렸습니다. 저는 친구와 함께 멀리서 당신의 가르침을 듣기 위해 왔습니다. 그리고 이제 제 친구는 당신에게 귀의하여 당신의 신도들과 함께 지낼 것입니다. 하지만 저는 다시 순례를 시작하려 합니다."

"그대가 원하는 대로 하시오." 존귀하신 분은 대답했다.

싯다르타는 계속해서 말했다. "주제넘지만 존귀하신 당신께 제 생각을 솔직하게 말하지 않고는 떠나고 싶지 않습니다. 잠시 제 말을 더 들어 주시겠습니까?"

부처는 허락한다는 의미로 조용히 고개를 끄덕였다.

싯다르타는 말했다. "가장 존귀하신 유일한 분이시여, 저는 당신의 가르침을 가장 존경합니다. 당신의 가르침은 모든 것이 완벽하게 명료하고 증명되어 있으며, 세상이 완벽한 사슬, 절대 끊어지지 않는 사슬임을 보여 주십니다. 그 사슬은 원인과 결과가 연결

됩니다. 이전에는 이것이 이렇게 명확하게 보인 적이 없었습니다. 이것이 이렇게 반박할 수 없게 제시된 적이 없었습니다. 당신의 가르침을 통해 아무 틈 없이 완벽하게 연결된 세상, 수정처럼 맑은 세상, 우연이나 신에 의지하지 않는 세상을 본다면 어떤 바라문의 심장도 더할 수 없이 강하게 요동칠 것입니다. 그것이 선이든 악이든, 그에 따라 사는 것이 고통이든 기쁨이든, 그런 건 본질적인 문제가 아닐 테니 저는 더 말하고 싶지 않습니다. 하지만 세상이 하나로 연결되어 있다는 것, 발생하는 모든 일이 서로 연결되어 있다는 것, 크고 작은 것들이 동일한 시간의 힘, 동일한 인과 법칙, 생성과 소멸의 법칙에 따라 그 안으로 감싸진다는 것, 이것이 바로 완벽하신 분인 당신의 고귀한 가르침 안에서 밝게 빛나는 부분입니다. 하지만 당신의 가르침에 따르면, 모든 것의 이러한 연결은 작은 틈으로도 깨어지지 않고, 완전히 낯선, 그러니까 전에는 존재하지 않았던, 증명할 수도 없고 증명되지도 않는 완전히 새로운 무언가가 있다고 해도 침입할 수 없다고 합니다. 이것이 세상의 고뇌를 극복하고 열반에 이르는 길이라고 당신은 가르치십니다. 하지만 제가 느끼기에 현실에서는 이런 작은 틈, 이런 작은 균열로 인해 완전하고 영원한 이 세계의 법칙이 깨어지고 무효가 됩니다. 이런 반대 의견을 말하는 제 무례함을 용서해 주십시오."

고타마는 움직이지 않고 조용히 그의 말을 듣고 있었다. 친절하고 정중하고 맑은 목소리를 지닌 완전한 사람인 그가 드디어 입을 뗐다. "그대, 바라문의 아들이여, 그 가르침을 들었군요. 그것을 그렇게 깊이 생각했다니 기특하오. 그대는 그 가르침에서 부족한 점, 오류를 발견했군요. 하지만 더 깊이 생각해야 합니다. 지식의 구도

자여, 의견이 무성하여 덤불을 이루는 것과 말을 가지고 언쟁하는 것에 주의해야 합니다. 의견은 아무것도 아닙니다. 의견이란 것은 아름답거나 추악하거나 똑똑하거나 어리석을 수 있고, 누구나 지지하거나 버릴 수 있습니다. 하지만 그대가 나에게서 들은 가르침은 의견이 아니며, 그 의견이 목표하는 것도 지식을 구하는 사람들에게 세상을 설명하는 것이 아닙니다. 나의 의견에는 다른 목표가 있습니다. 그 목표란 고통에서 구원하는 것입니다. 이 고타마가 가르치는 것은 이것뿐입니다."

"오 고귀하신 분이시여, 저에게 화를 내지 않으셨으면 좋겠습니다." 젊은 싯다르타가 말했다. "저는 당신과 논쟁하기 위해 이렇게 말한 것이 아닙니다. 당신 말이 정말 옳고, 의견이라 할 것도 없습니다. 다만 한 가지 더 말씀드리자면, 저는 단 한순간도 당신을 의심한 적이 없습니다. 저는 한순간도 당신이 부처라는 것을 의심하지 않았고, 당신이 그 목표에, 그러니까 수천 명의 바라문과 바라문의 아들들이 가려고 하는 그 가장 높은 목표에 도달했다는 것도 의심하지 않았습니다. 당신은 죽음에서 구원을 얻었습니다. 하지만 그것은 당신이 찾던 그 구도의 길에서 왔습니다. 당신 자신의 길과 생각과 명상과 깨달음에서 온 것이지, 가르침에서 온 것이 아닙니다! 고귀한 분이시여, 이게 제 생각입니다. 아무도 가르침으로 구원을 얻지 못합니다. 오 존경하는 분이시여, 당신은 깨달음의 순간에 당신에게 벌어진 일을 말과 가르침으로는 누구에게도 전달하거나 말할 수 없을 것입니다. 깨달음을 얻은 부처의 가르침은 많은 것을 담고 있고, 많은 이들에게 악을 피하고 의롭게 살도록 가르칩니다. 하지만 이토록 분명하고 존경스러운 가르침 안에 들어 있지 않은 한 가지가 있습니다. 바로 고귀한 분이신 당신이 수십만 명 가운데서 홀로 겪으신, 직접 체험한 그 신비입니다. 이것이 제가 가르침을 들었을 때 생각하고 깨달은 것입니다. 이것이 제가 여행을 계속하는 이유입니다. 다른 더 나은 가르침을 찾기 위해서가 아닙니다. 그런 것은 없음을 이미 알지요. 그런데도 여행을 계속하는 것은 모든 가르침과 모든 스승에게서 떠나 혼자서 제 목표에 도달하거나 죽기 위해서입니다. 하지만 저는 종종 오늘을 생각할 것입니다, 고귀한 분이시여. 이 시간, 제 눈이 거룩한 이를 바라보던 이 시간을요." 부처의 눈은 조용히 땅을 바라보았고, 완전한 평정 속에서 알 수 없는 평온한 얼굴로 미소 짓고 있었다.

"나는 그대의 생각이 오류가 아니길 바랍니다." 그 존경스러운 이는 천천히 말했다. "그대가 그대의 목표에 도달할 수 있기를! 그러니 말해 봐요, 당신은 나의 가르침에 귀의한 수많은 사문들, 수많은 형제들을 보았나요? 그리고 낯선 사문이여, 당신은 그 많은 이들이 모두 가르침을 버리고 세상과 욕망의 삶으로 돌아가는 편이 더 낫다고 믿나요?"

싯다르타는 외쳤다. "제 생각은 절대 그렇지 않습니다. 제가 바라는 것은 그들이 모두 가르침에 머물러 목표에 도달하는 것입니다. 다른 사람의 삶을 판단하는 것은 제가 할 일은 아닙니다. 오직 저 자신만을 위해, 저 혼자 결정하고, 선택하고, 거절해야 합니다. 자아에서 벗어나 구원받는 것이 우리 사문들이 찾는 것입니다. 존귀한 분이시여, 저는 제가 단지 당신의 제자 중 한 사람이 된다면, 겉으로만 제 자아가 침착해지고 구원되었다가 결국 실제로는 다시 살아나고 자라날까 두렵습니다. 그렇게 되면 저는 가르침, 당신에 대한 복종, 또 당신에 대한 사랑, 그리고 당신을 따르는 사문들 모두에 대한 사랑으로 제 자아를 대체하게 될지 모릅니다."

고타마는 반쯤 미소를 지으며 흔들림 없는 친절함과 수용의 자세로 이 이방인의 눈을 바라보더니, 거의 눈에 띄지 않는 몸짓으로 이별을 고했다.

"오 사문이여, 그대는 영리하군요." 부처가 말했다. "그대는 영리하게 말하는 법을 알고 있군요. 친구여, 너무 영리한 것을 경계하시오."

부처는 돌아섰고, 그의 시선과 반쯤 머금은 미소는 싯다르타의 기억 속에 영원히 새겨졌다.

싯다르타는 생각했다. '나는 한 사람이 이렇게 바라보고, 미소 지으며, 이렇게 앉고, 또 걷는 것을 본 적이 없다. 참으로 나 또한 이분처럼 바라보고 미소 짓고 앉고 걸음으로써, 존경스럽고, 드러나지 않는 듯하면서도 열려 있고, 그래서 천진하면서도 신비스러운 분위기를 풍길 수 있으면 좋겠다. 정말로 오직 자아의 내면 가장 깊은 곳에 도달한 사람만이 이렇게 바라보고, 이렇게 걸어갈 수 있는 게 아닐까. 그렇다면 나도 꼭 내 자아의 가장 깊은 곳에 도달하기 위해 노력하리라.'

싯다르타는 계속 생각했다. '나는 그 앞에서 내 시선을 낮춰야 하는 유일한 사람을 보았다. 나는 어떤 사람 앞에서도 시선을 낮추고 싶지 않다. 이분의 가르침이 나를 유혹하지 못했으므로, 그 어떤 다른 가르침도 더 이상 나를 유혹하지 못할 것이다.'

'나는 부처에게 빼앗겼다.' 싯다르타는 생각했다. '그분께 빼앗

겼지만, 그분은 나에게 더 많은 것을 주셨다. 그분은 내 친구를 빼앗아 갔다. 나를 믿었던, 하지만 지금은 그를 믿는 나의 친구를. 내 그림자였지만, 지금은 고타마의 그림자인 내 친구를. 하지만 그분은 나에게 주셨다. 나에게 싯다르타, 나 자신을 주셨다.'

깨달음

싯다르타는 기원정사를 떠날 때, 완전한 사람인 부처를 뒤로하고, 또 친구 고빈다를 뒤로하고 떠나면서 자신의 과거 삶도 그곳에 놓고 떠나는 것이라 느꼈다. 그는 천천히 걸어가면서 자신을 완전히 채우고 있는 느낌들에 관해 곰곰이 생각했다. 그는 깊은 물속으로 잠수하듯 자신을 아래로, 그 느낌들의 바닥, 원인이 존재하는 그곳으로 가라앉혔다. 왜냐하면 그 원인을 파악하는 것이 사고의 본질이며, 이렇게 해야만 느낌들이 실현되어 없어지지 않고 하나의 실체가 되어, 그 안에 있는 것을 빛의 광선처럼 내뿜으리라 믿었기 때문이다.

천천히 걸으며 싯다르타는 생각에 잠겼다. 그는 자신이 더 이상 청년이 아니라 어른이 되었다는 것을 깨달았다. 그는 뱀이 허물을 벗듯, 젊은 시절 내내 자신을 따라다니며 자신의 일부였던 한 가지가 더 이상 존재하지 않는다는 것을 깨달았다. 그것은 스승을 찾아 그들에게 가르침을 받고 싶다는 생각이었다. 그는 또한 자신의 길에 나타난 마지막 스승도 떠났다. 가장 고귀하고 현명한 스승이자 가장 거룩한 스승이었던 부처마저도 그는 떠났고, 헤어져야 했고, 그의 가르침을 더 이상 받아들일 수 없었다.

그는 천천히 생각에 잠기며 자신에게 물었다. '그렇다면 내가 원했던 것은 과연 무엇이었는가? 가르침에서, 스승들에게서 내가 배우려고 했던 것은 무엇인가? 나에게 많은 것을 가르쳐 준 이들은 누구였으며, 무엇을 나에게 가르쳤으며, 여전히 가르쳐 주지 못한 것은 무엇인가?' 그리고 그는 답을 발견했다. '그것은 자아이다. 자아가 바로 내가 배우고자 했던 목적과 본질이다. 내가 나 자신을 분리시키고 싶어 했던 것, 내가 극복하고자 했던 것은 바로 자아였다. 하지만 나는 그것을 극복할 수 없었고, 그것을 속일 수 없었고, 그것에서 도망칠 수 없었다. 단지 그것에서 숨었을 뿐이다. 진실로 이 세상에서 바로 나 자신, 내가 살아 있다는 이 신비, 내가 하나이고, 다른 모든 것들로부터 분리되어 있다는 이 신비, 내가 싯다르타라는 이 신비만큼 내 생각을 사로잡은 것은 없었다! 하지만 여전히 이 세상에서 나에 관해, 싯다르타에 관해 가장 아는 것이 없는 사람도 나다.' 천천히 걸으며 이런 생각에 잠겼던 그는 이제 그 생각을 멈추자, 즉시 다른 생각을 떠올렸다. '내가 나 자신에 관해 아무것도 모르는 것, 싯다르타라는 사람이 이렇게 나에게 낯선 타인인 것은 오직 하나의 원인 때문이다. 나는 나 자신을 두려워했고, 나 자신에게서 도망치고 있었다! 나는 아트만도 찾아보고, 바라문도 찾아보았다. 나는 기꺼이 내 자아를 해체하고 모든 층을 벗겨 내고 싶었다. 모든 껍질 안의 핵심, 아트만, 생명, 그 신성한 부분, 그 궁극의 부분을 찾기 위해서 말이다. 하지만 그 과정

에서 나는 나 자신을 잃어버렸다.'

싯다르타는 눈을 뜨고 주위를 둘러보았다. 얼굴에는 미소가 가득했고, 오랜 꿈에서 깨어난 듯한 느낌이 그의 머리에서부터 발끝까지 흘렀다. 그리고 얼마 지나지 않아 그는 다시 걸었다. 자신이 해야 할 일을 아는 사람처럼 빠르게 걸었다.

'아!' 그는 심호흡을 하면서 생각했다. '싯다르타가 다시는 내게서 도망치지 못하게 할 것이다! 더 이상, 나는 내 생각과 내 삶을 아트만이나 세상의 번뇌와 함께하고 싶지 않다. 폐허 뒤에 숨은 비밀을 찾기 위해 더 이상 나 자신을 죽이고 해체하고 싶지 않다. 《요가 베다》*도 더 이상 나를 가르치지 못할 것이며, 《아타르바 베다》**도, 고행자도, 어떤 종류의 가르침도 마찬가지일 것이다. 나는 나 자신에게서 배우고 싶고, 나 자신의 학생이 되고 싶고, 나에 대해 알고 싶다. 싯다르타의 비밀을 알고 싶다.'

그는 마치 처음 세상을 보는 것처럼 주위를 둘러보았다. 세상은 아름다웠고, 다채로웠고, 기이하고 신비했다. 여기는 파랗고, 저기는 노랗고, 또 다른 곳은 초록이었다. 하늘과 강은 유유히 흐르고, 숲과 산은 단단했고, 모든 것이 아름다웠다. 모든 것이 신비롭고 마법 같았고, 그 가운데로는 그가, 싯다르타가, 깨어난 자가 자기 자신으로 향하는 길을 가고 있었다. 이 모든 것, 이 모든 노랑과 파랑, 강과 숲이 처음으로 싯다르타에게 들어왔다. 더 이상 마라***의 주문

* 바라문교의 한 유파인 요가파의 경전이다.
** 바라문교와 그 후신인 힌두교의 경전 《베다》 중 하나로, 재앙을 제거하고 복을 불러오는 주술적인 내용을 담고 있는 경전이다.
*** 인도의 신으로, '죽음의 신' 혹은 '애욕의 신'이다.

이 아니었고, 더 이상 마야*의 베일도 아니었다. 다양한 외관만이 있을 뿐, 무의미하고 우연적인 것들이었지만 이제는 더 이상 그렇지 않았다. 그러한 다양성은 다양성을 비웃고 통일을 추구하며 깊이 생각하는 바라문에게는 경멸할 만한 것이었다. 파랑은 파랑이고, 강은 강이다. 만약 파랑 안에, 강물에, 또한 싯다르타 안에 유일자이며 신성한 존재가 숨어 있다고 해도, 그 신성함의 방식이나 목적은 바로 그 자체로 존재하는 것에 있다. 즉 노랑은 노랑으로, 파랑은 파랑으로, 저기 하늘과 숲도 마찬가지로 각각 하늘과 숲으로, 그리고 여기 싯다르타도 싯다르타로 존재하는 것이다. 그 목적과 본질적인 속성은 사물들의 뒤편 어딘가에 따로 존재하는 것이 아닌 사물들 자체에, 모든 것들 자체에 있었다.

'내가 얼마나 멍청하고 어리석었나!' 하고 생각하며 싯다르타는 빠르게 걸었다. '누군가가 글을 읽고 그 의미를 발견하고 싶어 할 때, 그는 기호와 문자를 경멸하거나 그것을 속임수나 우연, 쓸모없는 껍데기로 치부하지는 않을 것이다. 그는 한 글자 한 글자 그것을 읽고 공부하며 좋아할 것이다. 하지만 나는 세상과 내 존재라는 주제의 책을 읽고 싶어 하면서도 내가 기대한 의미를 부여하기 위해 기호와 문자를 무시했다. 나는 눈에 보이는 세상은 속임수이며, 내 눈과 혀는 우연적이고 실체가 없는 쓸모없는 형태라고 생각했었다. 하지만 이제 끝났다. 나는 깨어났다. 나는 참으로 깨어났고, 바로 오늘 새로 태어난 것이다.'

* 고대 인도의 베단타학파의 술어로서, 환영(幻影)과 허위(虛僞)에 충만한 물질계. 또는 그것을 주는 여신의 초자연력을 이르는 말이다.

50

이런 생각을 하던 싯다르타는 마치 길 앞에 뱀이 누워 있기라도 한 것처럼 갑자기 다시 한번 걸음을 멈췄다.

왜냐하면 싯다르타는 마치 이제 막 깨어난 사람이나 갓 태어난 아기처럼 자신의 삶을 새롭게, 처음부터 다시 시작해야 한다는 것을 갑자기 깨달았기 때문이다. 그가 바로 오늘 아침 고귀한 자의 숲인 기원정사를 떠났을 때 그는 자신이 이미 깨달음을 얻는 중이라 생각했고, 자아를 향한 길에 올라섰으며, 수년간의 고행이 끝났다고 생각하여, 고향으로, 아버지에게로 돌아갈 생각이었다. 그것이 지극히 자연스럽고 당연하게 여겨졌다. 하지만 지금 이 순간, 그는 마치 뱀이 그가 가는 길에 누워 있는 것을 발견하고 멈춘 것처럼 이런 깨달음을 얻었다. '하지만 나는 더 이상 예전의 내가 아니며, 더 이상 고행하는 사문도 아니며, 바라문의 사제도 아니다. 집에서, 아버지가 계신 곳에서 나는 무엇을 해야 할까? 공부? 제물 바치기? 명상? 하지만 이 모든 것은 끝났고, 이 모든 것이 더 이상 나의 길에 있지 않다.'

싯다르타는 움직이지 않은 채 거기에 서 있었고, 한순간 숨을 쉬면서 새나 토끼 같은 작은 동물이 스스로 혼자임을 느낄 때처럼 가슴에 한기를 느꼈다. 수년 동안 그는 집 없이 지내면서 아무것도 느끼지 못했다. 하지만 이제 그는 그것을 느꼈다. 가장 깊은 명상 속에서도 그는 여전히 아버지의 아들이었고, 바라문이었고, 신분이 가장 높은 성직자였다. 하지만 이제 그는 그저 깨어난 싯다르타이고, 그 외에는 아무것도 남지 않았다. 깊게, 그는 숨을 들이마시고 잠시 추위를 느끼며 몸을 떨었다. 아무도 그처럼 완전히 혼자일 수는 없었다. 귀족은 귀족끼리, 일꾼들은 일꾼들끼리 모여 서로의 안에서 피난처를 찾고, 그들의 삶을 공유하며, 그들의 언어를 사용했다. 바라문은 바라문끼리 섞여, 사문은 사문끼리 섞여 안식처를 찾았고, 숲속의 가장 외로운 은둔자조차도 혼자가 아니었다. 그 또한 자신이 속한 장소에 둘러싸여 있었고, 고향에서는 어떤 신분을 가지고 있었다. 고빈다는 사문이 되었고, 천 명의 사문이 그의 형제였으며, 그와 같은 옷을 입고 같은 믿음으로 같은 언어를 사용했다. 하지만 싯다르타, 그는 어디에 속해 있는가? 그는 누구와 삶을 공유하는가? 그는 누구의 언어로 말을 해야 하는가?

모든 세상이 주위에서 녹아내린 것 같은 이 순간, 하늘의 별처럼 홀로 서 있는 이 순간, 추위와 절망의 순간에서 싯다르타는 이전보다 더 확고한 자아로, 더 단단하게 집중했다. 그는 느꼈다. '이것이 깨어남의 마지막 떨림이다. 이 새로운 태어남의 마지막 몸부림이다.' 그리고 얼마 지나지 않아 그는 다시 걸었다. 처음에는 큰 보폭으로 걷다가 나중에는 매우 빠르게 참을성 없이 걷기 시작했다. 그는 더 이상 집으로, 더 이상 아버지에게로, 더 이상 돌아가지 않았다.

2부

일본에 있는 나의 사촌

빌헬름 군데르트*에게

* 헤르만 헤세의 외사촌으로, 일본에서 활동한 교육자였으며 불교 연구의 권위자였다.

카말라

싯다르타는 가는 길 한 걸음 한 걸음마다 새로운 것을 배웠다. 세상은 변했고, 그의 마음은 마술에 걸려 있었다. 그는 숲이 우거진 산 너머로 태양이 떠올랐다가 야자수가 있는 저 먼 해변으로 지는 것을 보았다. 밤이 되면 그는 하늘의 별이 항상 자기 위치에서 반짝이며, 초승달이 파란 바다 위에 배처럼 떠 있는 것을 보았다. 그는 나무, 별, 동물, 구름, 무지개, 바위와 약초, 꽃 들을 보았다. 시냇물과 강물, 아침 덤불에 반짝이는 이슬을 보았다. 푸르고 희미하게 먼 높은 산, 노래하는 새들과 벌들, 논에 부는 은빛 바람을 보았다. 이 모든 것은 천 가지의 모습으로 화려하게 빛났다. 그것들은 이미 존재해 왔다. 태양과 달이 빛나고, 강은 출렁였으며 벌은 윙윙거렸지만, 이전에는 이 모든 것이 싯다르타에게는 부질없이 느껴졌다. 그의 눈에는 거짓으로 보였다. 그래서 싯다르타는 이 모든 것을 믿지 못했고, 이것들은 뻗어 나가는 생각에 따라 그에게 침투했지만, 곧 파괴될 운명이었다. 왜냐하면 이것들은 본질적인 존재가 아니기 때문이었다. 본질은 눈에 보이는 것 너머의 저편에 있는 존재였다. 하지만 이제 그의 해방된 눈은 저쪽이 아닌 이쪽 세상에 머물러서, 그는 눈에 보이는 것을 그대로 보고 인지하게 되었다. 싯다르타는 이제 이쪽 세상에서 살고자 했고, 더 이상 진정한 본질, 보이는 것 너머에 존재하는 그 무엇을 목표로 하지 않았다. 이제 그에게 아름다운 것은 이쪽 세상이니, 무언가를 구함 없이 단순한 어린아이처럼 이쪽 세상만을 보았다. 달과 별들, 시냇물과 들, 숲과 바위, 염소와 풍뎅이, 꽃과 나비까지 모든 것이 아름다웠다. 아름다운 이 세상을 따라 아이처럼 걷는 것은, 깨어난 채로, 가까운 것들에 마음을 연 채로, 그렇게 불신 없이 세상을 따라 걷는 것은, 그렇기에 아름답고 사랑스러웠다. 머리 위 태양은 이전과 다르게 빛났고, 숲의 그늘에서 시원해지는 느낌마저도 달랐으며, 시냇물과 물통의 물맛도 달랐다. 호박과 바나나 맛도 예전과 달랐다. 낮은 짧았고, 밤도 짧았다. 매시간이 바다 위를 항해하는 돛단배, 그 안에 보물과 기쁨이 가득한 돛단배처럼 빠르게 흘러갔다. 싯다르타는 숲속에서 한 무리의 원숭이들이 높이 우거진 나뭇가지들을 타고 움직이는 것을 보았다. 그리고 그 원숭이들이 야만적이고 탐욕스러운 소리를 내는 것을 들었다. 싯다르타는 수컷 양 한 마리가 암컷 양을 따라다니며 짝짓기하는 것을 보았다. 갈대밭 호수에서 그는 강꼬치고기가 굶주린 채 먹이를 사냥하는 것을 보았다. 두려움에 도망치던 어린 물고기 한 무리가 펄떡거리며 비늘을 반짝이면서 물 밖으로 튀어 올랐다. 강꼬치고기가 격렬히 사냥하며 휘젓는 물에서는 급한 소용돌이가 일었고, 그곳에서는 격정적인 힘이 느껴졌다.

이 모든 것은 항상 존재했지만, 싯다르타는 보지 못했다. 이제 그는 그것들과 함께했고, 그 일부가 되었다. 빛과 그림자가 그의 눈으로, 별과 달이 그의 가슴으로 흘러들었다.

가는 길에 싯다르타는 또한 기원정사에서 그가 경험했던 모든 것을 기억했다. 그곳에서 들었던 가르침, 신성한 부처, 고빈다와의 작별, 고귀한 분과의 대화. 그는 자신이 부처에게 한 말을 다시 기억해 보았다. 한 마디 한 마디 떠올려 보던 그는 놀랍게도 그때는 실제로 알지 못하면서 말한 것이 있음을 깨달았다. 그가 고타마에게 말한 것, 그의, 부처의 보물이자 비밀은 가르침이 아니었다. 부처가 깨달음의 시간에 경험했던 것은 표현할 수 없는 것이며, 따라서 가르칠 수도 없다. 싯다르타가 그 사실을 이제 알게 된 것은 그가 이제 막 경험하기 시작했음을 의미한다. 그는 자신의 자아를 경험해야 했다. 그가 이미 오래전부터 자신의 자아가 아트만이라는 것, 바라문과 마찬가지로 영원한 본질이 자아 안에 있다는 것을 알고 있었던 건 사실이다. 하지만 그는 생각의 그물망에 자신을 붙잡아 두고 싶었기 때문에, 이 자아를 실제로는 절대 발견하지 못했다. 육체는 확실히 자아가 아니었고, 감각으로 경험하는 것들도 자아는 아니었다. 자아는 생각도 아니고, 이성적인 정신도 아니며, 학습된 지혜도, 결론을 도출하고 이전 생각을 발전시켜 새로운 생각을 만들어 내는 학습된 능력도 아니었다. 아니, 이 생각의 세계라는 것도 여전히 이쪽 세상에 있기 때문에 감각으로 혼란스러운 자아를 죽이고, 사고와 학습된 지식으로 혼란스러운 자아를 살찌운다고 해서 얻어지는 것은 아무것도 없었다. 생각도 감각도 모두 소중한 것들이었고, 궁극적인 의미는 둘 다 그 뒤에 숨겨져 있는 것이며, 둘 다 귀 기울여야 하고, 둘 다 함께 놀아 줘야 하고, 둘 다 경멸하거나 과대평가할 필요가 없었다. 둘 모두 근원적 진실의 그 비밀스러운 목소리를 세심하게 인식해 줘야 했다. 싯다르타는 아무 노력도 하고 싶지 않았다. 그 목소리가 그에게 노력하라고 명령하는 것 외에는 아무것도 하지 않고, 아무것도 생각하지 않았다. 고타마는 왜 그때, 모든 시간 중, 왜 그 시간에 깨달음이 그를 강타한 그 보리수나무 아래에 앉았을까? 그는 자신의 마음속에서 이 나무 아래에서 안식을 찾으라고 명령하는 목소리를 들었다. 그는 금욕, 제물을 바치는 행위, 목욕재계, 그리고 기도도 멀리했고, 음식이나 잠을 자는 것, 꿈을 꾸는 것도 좋아하지 않았다. 그는 그 목소리에 순종했다. 이렇게 순종하는 것은 외부의 명령이 아니라 오직 그 목소리 자체였다. 그 목소리가 하라는 대로 싯다르타는 준비가 되었고, 그것은 좋은 일이었으며, 필요한 일이었다. 다른 것은 필요하지 않았다.

강가에 있는 나룻배 사공의 짚으로 만든 오두막에서 잠을 자던 밤이었다. 싯다르타는 꿈을 꾸었다. 고빈다가 그 앞에 고행자의 노란 옷을 입고 서 있었다. 고빈다의 모습은 안쓰럽게 보였다. 슬픈 목소리로 그가 물었다. "왜 자네는 나를 저버렸나?" 이 말에 싯다르타는 고빈다를 껴안았다. 팔로 그를 감싸고, 그를 가슴에 가까이 끌어당겨 입 맞췄다. 그런데 그것은 더 이상 고빈다가 아니라 한 여자였다. 여자의 옷 밖으로 풍만한 젖가슴이 튀어나왔다. 싯다르타는 누워서 이 젖가슴에서 나오는 젖을 달콤하게, 그리고 강렬하게 맛보았다. 거기서는 여자와 남자, 태양과 숲, 동물과 꽃, 그리고 모든 열매, 모든 쾌락과 욕망의 맛이 났다. 그것은 싯다르타를 취하게 했고, 의식을 잃게 했다. 싯다르타가 깨어났을 때, 흐릿한 강물이 오두막 문을 통해 반짝였고, 숲속에서는 부엉이의 어두운 울음소리가 깊은 울림으로 기분 좋게 들려왔다.

아침이 밝자, 싯다르타는 나룻배 사공에게 강을 건너게 해 달라고 부탁했다. 나룻배 사공은 그를 대나무 뗏목에 태워 강을 건너게 해 주었다. 넓게 흐르는 강물은 아침 햇빛에 붉게 반짝였다.

"강이 아름답네요." 싯다르타가 뱃사공에게 말했다.

"네, 아주 아름다운 강이죠. 제가 무엇보다도 제일 좋아하는 강이랍니다. 종종 저는 이 강에 귀를 기울이고, 그 눈을 들여다봅니다. 항상 강에서 많은 것을 배우죠. 강에서는 많은 것을 배울 수 있답니다."

"저의 은인이시여, 감사합니다." 싯다르타가 강 건너편에 내리며 말했다.

"하지만 제게는 당신의 친절에 보답할 만한 선물이 없군요. 뱃삯도 없습니다. 저는 집도 없는 바라문의 아들이며 사문입니다."

사공이 말했다. "네, 알고 있습니다. 당신에게 선물을 기대하지도 않았고, 필요하지도 않아요. 당신은 나중에 제게 선물을 주실 겁니다."

"그렇게 생각하십니까?" 싯다르타가 명랑하게 물었다.

"물론입니다. 이것도 제가 강에서 배운 거랍니다. 모든 것은 다시 돌아옵니다! 사문인 당신도 돌아올 겁니다. 이제 작별해야겠네요. 당신의 우정을 뱃삯으로 생각하겠어요. 신에게 제물을 바칠 때 저를 기억해 주세요."

그들은 웃으며 헤어졌다. 미소를 지으며 싯다르타는 뱃사공의 우정과 친절에 행복해했다. '그는 꼭 고빈다와 같다.' 싯다르타는 미소를 지으며 생각했다. '내가 가는 길에서 만나는 모든 사람은 고빈다와 같아. 모두 감사하다. 그들은 감사를 받을 권리가 있는 사람들이야. 모두가 온순하고, 모두가 친구가 되고 싶어 하고, 순종적이며, 생각을 많이 하지 않는 사람들, 모두가 아이들 같은 사람들이다.'

정오 무렵, 싯다르타는 한 마을을 통과했다. 진흙으로 된 오두막집들 앞 골목에서 아이들이 뛰놀며 뒹굴고 있었다. 호박씨와 조개껍데기를 가지고 소리를 지르거나 씨름을 하면서 놀고 있었는데, 모두 이 낯선 사문이 나타나자 겁을 먹고 도망쳤다. 마을 끝에서 길은 개울 옆으로 이어졌고, 개울 옆에는 한 젊은 여인이 무릎을 꿇고 빨래를 하고 있었다. 싯다르타가 그녀에게 인사하자, 그녀는 고개를 들어 웃으며 그를 올려다보았다. 싯다르타는 그녀의 눈에서 하얀빛이 반짝이는 것을 보았다. 나그네들 사이의 관습대로, 그는 그녀에게 축복을 외쳤고, 큰 도시로 가려면 얼마나 더 가야 하는지 물었다. 그러자 그녀는 일어나서 그에게 다가왔다. 그녀의 촉촉한 입이 젊은 얼굴 속에서 아름답게 반짝이고 있었다. 그녀는 그와 정감 어린 농담을 주고받았다. 그녀는 그에게 식사를 했는지 물었고, 정말로 사문들이 밤에 숲에서 혼자 자고 여자를 곁에 두면 안 되는지도 물었다. 이야기하는 동안 그녀는 왼발을 오른발에 얹으며, 마치 남자에게 성적 쾌락을 요구하는 여자와 같은 몸짓을 했다. 그것은 성애의 경전에서 '나무에 오르기'*라고 불리는

---

* 힌두교 문화에서의 성애에 관한 문헌으로, 보편적으로 인식되던 성적 생활상, 기교 등을 담고 있는 《카마수트라》의 12가지 성관계 체위 중 하나이다.

동작이었다. 싯다르타는 자신의 피가 뜨거워지는 것을 느꼈고, 순간 자신이 꾸었던 꿈이 생각났다. 그는 여자 쪽으로 약간 몸을 구부려 그녀의 갈색 젖꼭지에 입을 맞췄다. 고개를 들어 보니 그녀의 얼굴은 가득 찬 욕정으로 미소 짓고 있었다. 그녀의 눈동자는 가늘어진 채 욕망을 구걸하고 있었다. 싯다르타도 욕망을 느꼈고, 성욕의 근원이 움직이는 것을 느꼈다. 하지만 여자를 만져 본 적이 없기 때문에 그는 잠시 망설였다. 하지만 그의 손은 이미 그녀를 향해 뻗을 준비가 되어 있었다. 그리고 그 순간 그는 두려움에 떨면서 자신의 가장 깊은 자아의 목소리를 들었다. 그 목소리는 '아니'라고 말했다. 그러자 젊은 여자의 웃는 얼굴에서 느꼈던 모든 매력이 사라졌다. 그녀에게는 이제 발정기의 암컷에게서 볼 수 있는 젖은 눈빛 외에는 아무것도 보이지 않았다. 정중하게 그는 그녀의 뺨을 쓰다듬었고, 실망한 여인에게서 도망쳐 가벼운 발걸음으로 대나무 숲으로 사라졌다.

이날, 그는 저녁이 되기 전 커다란 도시에 도착했고, 행복했다. 사람들이 그리웠기 때문이다. 오랫동안 그는 숲에서 살았고, 간밤에 뱃사공의 오두막에서 지낸 것은 지붕 있는 집에서 거의 처음 잔 것이라 할 수 있었다.

도시 앞, 울타리가 아름답게 쳐진 유원지 숲에서 여행자 싯다르타는 바구니를 들고 있는 한 무리의 남자와 여자 하인들을 보았다. 그들 중앙에는 네 명의 하인이 들고 있는 장식된 가마가 있었고, 그 안에는 화려한 차양 아래 붉은 베개에 기대앉은 한 여인이 있었다. 유원지의 주인인 것 같았다. 싯다르타는 유원지 입구에 멈춰서 그 행진을 구경했다. 하인들, 하녀들, 바구니들, 가마와 그 안의 여인을 구경했다. 높이 올린 검은 머리 아래로 매우 아름답고 섬세하고 말쑥한 얼굴, 마치 갓 갈라진 무화과처럼 밝게 빛나는 빨간 입술, 활처럼 높고 둥글게 잘 그려진 눈썹, 영리하고 조심스러운 검은 눈, 녹색과 황금색 의복에서 솟아오른 정갈하고 긴 목, 그리고 손목에 황금 팔찌를 찬 채 가만히 놓인 길고 가느다란 아름다운 손을 보았다. 싯다르타는 그녀가 얼마나 아름다운지 보고 나자, 마음이 기쁨으로 가득 찼다.

가마가 가까이 다가오자, 그는 허리를 낮게 구부려 절을 했다. 그러고서 몸을 곧게 펴 다시 그 아름답고 매력적인 얼굴을 바라보았고, 잠시 높고 동그란 그녀의 영리한 두 눈과 마주쳤다. 그 순간 희미한 향기를 맡았는데, 그게 무언지는 알지 못했다. 미소를 지으며, 아름다운 그 여인은 잠시 고개를 끄덕였다. 그리고 숲속으로 사라졌고, 하인들도 함께 사라졌다. 싯다르타는 '나는 뭔가 매력적인 징조와 함께 이 도시에 들어왔구나.' 하고 생각하며 순간적으로 그 유원지로 따라 들어가려 했다. 하지만 다시 곰곰이 생각해 보니, 그 하인들과 하녀들이 입구에서 얼마나 자신을 멸시하고 불신하는 거부의 눈빛으로 바라보았는지 알게 되었다.

싯다르타는 자신은 여전히 사문일 뿐이라고 생각했고, 여전히 고행자이자 거지라고 생각했다. 이대로는 그 숲에 들어갈 수 없으리라 생각했다. 그리고 그는 웃었다. 싯다르타는 이 길을 따라온 행인에게 그 유원지 숲에 관해 물었고, 그 여인의 이름도 물었다. 그곳은 유명한 기녀 카말라의 유원지라고 했다. 그리고 그 숲 외에도 그녀는 도시에 집을 소유하고 있다고 했다. 그는 도시로 들어갔다. 이제 그에게는 목표가 생겼다. 그 목표에 따라 싯다르타

는 읍의 인파 속으로 빨려 들어갔고, 발 닿는 대로 거리를 돌아다
녔다. 광장에 가만히 서 있기도 하고, 강가 돌계단에서 쉬기도
했다. 저녁이 되었을 때 그는 한 이발사의 조수와 친구가 되었다.
그가 어느 둥근 모양의 건물 아래 그늘에서 일하는 것을 보았는
데, 그다음 비슈누의 사원에서 기도하고 있는 모습을 또 마주친
것이다. 싯다르타는 그에게 비슈누*와 락슈미**에 관한 이야기를
들려주었다. 그날 밤 싯다르타는 강가의 배들 사이에서 잔 후, 다
음 날 아침 일찍 첫 번째 손님이 오기 전 그 조수의 이발소로 가
서 수염을 깎고 머리를 잘랐으며, 또 머리를 빗고 고운 기름도 발
랐다. 그런 다음 그는 목욕하러 강으로 갔다.

  오후 늦게 아름다운 카말라가 가마를 타고 자신의 유원지로 다
가왔을 때, 싯다르타는 입구에 서서 그녀에게 절을 했고, 그 기녀
의 답례 인사를 받았다. 싯다르타는 가마 행렬의 맨 끝에서 걷던
하인을 손짓하여 부르고는 젊은 바라문이 여주인님과 이야기하
고 싶어 한다고 전해 달라고 요청했다. 잠시 후 하인이 돌아와서
기다리고 있던 싯다르타에게 따라오라고 했다. 그는 따라온 싯다
르타를 아무 말도 없이 카말라가 소파에 누워 있는 별관 건물로
안내했고, 그를 카말라와 둘만 남겨 둔 채 나갔다.

  "당신은 어제도 유원지 입구에 서서 제게 인사하지 않았나요?"
카말라가 물었다.

  "네, 맞습니다. 어제 이미 보았고, 인사도 했지요."

---

* 우주의 유지와 보존을 담당하는 힌두교의 주신 중 하나이다.
** 비슈누의 아내로, 부와 행운, 사랑, 아름다움, 기쁨, 번영 등을 관장하는 여신이다.

"어제는 수염도 길고 머리도 길고 머리에 먼지도 많았던 것 같은데요."

"모든 것을 잘 보셨네요. 당신이 본 것은 바라문의 아들인 싯다르타입니다. 고향을 떠나 삼 년 동안 사문으로 살았던 사람이지요. 하지만 이제 나는 사문의 길을 그만두고 이 도시로 왔고, 도시의 입구에서 내가 처음 만난 사람이 바로 당신입니다. 이 말을 하기 위해 당신을 찾아왔어요, 카말라! 당신은 이 싯다르타가 시선을 아래에 두지 않고 말을 건넨 첫 번째 여인입니다. 이제부터는 아름다운 여인을 만나도 다시는 시선을 아래로 돌리는 일은 없을 것 같군요."

카말라는 미소 지으며 자신의 공작 깃털 부채를 만지작거렸다. 그리고 물었다. "싯다르타, 당신은 오직 그 말을 하려고 여기 왔나요?"

"그 말을 하기 위해 왔어요. 또 당신의 그 넘치는 아름다움에 감사하다고 말하고 싶습니다. 카말라, 만약 불쾌하지 않다면 내 친구이자 스승이 되어 주세요. 나는 아직 당신이 통달한 그 기술에 관해 아무것도 모르니까요."

이 말에 카말라는 큰 소리로 웃었다. "오호 친구여, 숲에서 한 사문이 와서 나에게 배우고 싶다고 한 것은 처음이군요. 긴 머리를 하고, 낡고 찢어진 샅바를 두른 사문이 내게 온 건 정말 처음입니다. 많은 젊은 남자들이 나에게 왔고, 그들 중에는 바라문의 아들들도 있었죠. 그들은 아름다운 옷을 입고, 좋은 신발을 신고, 머리에는 향수를 뿌렸지요. 그들의 지갑엔 돈이 가득했어요. 오 사문이여, 이것이 나에게 오는 젊은이들의 모습입니다."

싯다르타는 말했다. "이미 나는 당신에게서 배우기 시작했습니다. 심지어 어제, 나는 이미 배웠지요. 나는 이미 수염을 깎았습니다. 머리를 빗고, 기름도 발랐습니다. 내가 부족한 것이라곤 거의 없습니다. 아름다운 분이시여, 내 안에 부족한 것은 좋은 옷, 좋은 신발, 내 지갑 안의 돈이겠지만 그것들은 시시한 것입니다. 나는 그 시시한 것들보다 어려운 목표를 세웠고, 그것을 달성했습니다. 내가 어제 세운 목표는 당신의 친구가 되어 당신에게서 사랑의 기쁨을 배우는 것입니다. 어찌 그 목표를 달성하지 않을 수 있겠어요. 당신은 내가 빨리 배울 수 있다는 것을 알게 될 것입니다. 카말라, 나는 이미 당신이 가르쳐야 할 것보다 더 어려운 것을 배웠어요. 이제 본론으로 들어가죠. 당신은 싯다르타의 있는 그대로의 모습에 만족하지 않으시나요? 머리에 기름은 발랐지만 옷도 없고, 신발도 없고, 돈도 없는 싯다르타의 모습에 만족하지 않으시나요?"

카말라는 웃으며 외쳤다. "오, 그대는 아직 나를 만족시킬 수 없어요. 옷과 신발이 있어야 해요. 그것도 아름다운 것들로요. 지갑에 돈도 많이 넣고 카말라를 위한 선물도 준비해야 해요. 알겠어요? 숲에서 온 사문이여, 내 말을 이해했나요?"

싯다르타는 외쳤다. "네, 그대의 말을 알아들었습니다. 내가 어떻게 갓 벌어진 무화과 같은 아름다운 입술에서 나오는 그 말을 이해하지 못하겠어요, 카말라. 내 입술도 빨갛고 싱싱합니다. 당신의 그것과 잘 어울릴 거예요, 곧 알게 될 겁니다. 하지만 카말라, 말해 줘요. 숲에서 온 사문이 그대는 전혀 두렵지 않나요? 사랑을 나누는 법을 배우러 온 사문이 두렵지 않아요?"

"숲에서, 그 자칼 같은 무리에서 온 바보 같은 사문을 내가 왜 두려워해야 하죠? 그것도 아직 여자가 뭔지도 모르는 사문을요."

"오, 그 사문은 강하고 아무것도 두려워하지 않아요. 그는 당신을 힘으로 굴복시킬 수 있어요. 아름다운 아가씨여, 당신을 납치할 수도 있고, 아프게 할 수도 있어요."

"아니, 사문이여, 난 두렵지 않아요. 당신은 누군가 사문이나 바라문에게 와서 그를 붙잡고, 그의 학문과 종교적 헌신, 생각의 깊이를 훔쳐 갈까 봐 두려워한 적이 있습니까? 아니요, 그것들은 그의 소유이기 때문에 그는 기꺼이 주고 싶은 사람에게만 그것을 줄 것입니다. 그리고 그는 자신이 기꺼이 줄 수 있는 것만을 주고 싶은 사람에게 줄 것입니다. 정확히 말하자면 카말라와의 사랑의 즐거움도 마찬가지입니다. 카말라의 입술은 붉고 아름답지만, 카말라의 의지에 반하여 입 맞추려 한다면 당신은 그것에서 단 한 방울의 달콤함도 얻지 못할 것입니다. 너무나도 많은 달콤한 것을 줄 수 있는 입술임에도요. 당신은 빠르게 배우는 사람입니다, 싯다르타. 그러니 이것 또한 배우세요. 사랑은 구걸하고 사서 얻을 수도 있고, 선물로 받거나 길거리에서 찾을 수도 있지만 훔칠 수는 없습니다. 그것은 당신이 잘못된 길을 찾는 것입니다. 당신 같은 멋진 젊은 남자가 그런 잘못된 방식으로 사랑을 다루려 한다면 그것은 유감스러운 일일 것입니다."

싯다르타는 미소를 지으며 절을 했다. "그래요. 유감스러운 일일 겁니다. 카말라, 당신 말이 너무 맞아요! 정말 큰 유감이겠지요. 아니, 나는 당신의 입술이 줄 수 있는 달콤함을 단 한 방울도 잃지 않을 것입니다. 내 입술이 당신에게 주는 것도 마찬가지고요. 그래서 이렇게 결정하겠어요. 싯다르타는 아직은 없는 것이지만 옷과 신발, 그리고 돈을 가지게 되면 다시 돌아오겠어요. 하지만 사랑스러운 카말라, 말해 봐요. 나에게 작은 조언 하나만 해 줄 수 없나요?"

"조언이요? 주고말고요. 숲속 자칼 같은 무리에서 온 가난하고 아무것도 모르는 사문에게 조언을 해 주고 싶지 않은 사람이 어디 있겠어요?"

"친애하는 카말라, 내가 어디로 가야 할지 조언해 주세요. 어디로 가야 이 세 가지를 가장 빨리 찾을 수 있을까요?"

"친구여, 많은 사람이 이 사실을 알고 싶어 하지요. 당신은 당신이 배운 것을 행해야 합니다. 그렇게 함으로써 돈과 옷과 신발을 얻어야 합니다. 가난한 사람이 돈을 얻을 수 있는 다른 방법은 없어요. 당신은 무엇을 할 수 있나요?"

"나는 생각할 수 있고, 기다릴 수 있고, 또 금식도 할 수 있어요."

"그것들 말고는요?"

"없어요. 아, 하나 또 있어요. 나는 시를 지을 수 있어요. 시 한 편 지을 때마다 한 번씩 당신은 내게 입 맞춤해 줄 수 있나요?"

"당신의 시가 마음에 든다면 그렇게 하겠어요. 제목은 무엇일까요?"

싯다르타는 잠시 생각한 후 다음 시를 읊었다.

그늘 드리운 숲으로 아름다운 카말라가 들어섰고,
숲의 입구에는 구릿빛 사문이 서 있었네.
활짝 핀 연꽃 같은 그녀를 보며 남자는 깊은 절을 했네.
카말라는 미소를 지으며 감사했다네.
젊은 남자는 생각했네.
더 사랑스러운 일이로다, 신에게 제물을 바치는 것보다.

더 사랑스러운 일이로다, 아름다운 카말라를 섬기는 것은.

카말라는 큰 소리로 손뼉을 쳤고, 그 때문에 금빛 팔찌가 쩽그랑하고 울렸다.

"아름다운 시군요, 구릿빛 사문이여. 나는 그 시의 대가로 당신께 입 맞춰도 아무것도 잃을 게 없을 거예요."

그녀는 눈으로 그를 불렀다. 그는 고개를 기울여 그의 얼굴을 그녀의 얼굴로 가져갔고, 그의 입은 갓 갈라진 무화과 같은 카말라의 입술 위에 놓였다. 오랫동안 카말라는 싯다르타에게 입을 맞췄고, 그는 그녀가 그를 어떻게 가르치는지, 그녀가 얼마나 현명한지, 그녀가 그를 어떻게 통제하고, 거절하고, 유혹하는지, 그리고 이 첫 번째 입맞춤 이후 저마다 다른 달콤함을 지닌 수많은 입맞춤이 순서대로 기다리고 있을 것임을 경탄하며 느끼고 기대했다.

그는 깊이 숨을 내쉬며 그 자리에 서 있었고, 그 순간 지식의 보고와 배울 만한 가치가 있는 것들이 눈앞에 펼쳐진 어린아이처럼 놀라고 있었다.

카말라는 말했다. "당신의 시는 매우 아름다워요. 제가 부자였다면 당신 시의 대가로 금을 주었을 겁니다. 하지만 당신이 당신의 시로 필요한 만큼의 돈을 벌기는 어려울 거예요. 카말라의 친구가 되고 싶다면 많은 돈이 필요하니까요."

"당신은 어찌 그리 입맞춤을 잘하나요, 카말라." 싯다르타는 더듬거리며 말했다.

"네, 나는 잘하니까 옷, 신발, 팔찌 등 모든 아름다운 물건이 부족하지 않아요. 하지만 당신은 어떻게 될까요? 당신은 생각하고,

금식하고, 시를 짓는 것 외에는 아무것도 할 수 없나요?"

싯다르타는 말했다. "나는 또한 제물을 바칠 때 부르는 노래를 알고 있어요. 하지만 더 이상 부르고 싶지 않습니다. 나는 또한 마법의 주문을 알고 있지만 그것도 더 이상 말하고 싶지 않습니다. 나는 경전들도 읽었습니다."

"그만, 알겠어요." 카말라가 끼어들었다. "당신 읽고 쓸 수 있나요?"

"물론 할 수 있습니다. 많은 사람이 할 줄 알죠."

"대부분은 못 해요, 나도 못 하고요. 당신이 읽고 쓸 수 있다니 잘됐네요. 정말 좋은 일이에요. 또한 여전히 주문을 외우는 것도 쓸모가 있을 거예요."

그 순간 하녀 한 명이 달려와서 여주인의 귀에 무슨 말을 속삭였다.

"손님이 왔군요." 카말라가 외쳤다. "서둘러 돌아가요, 싯다르타. 아무도 당신을 여기서 보면 안 되니 이걸 기억하세요! 내일 다시 만날게요."

그녀는 하녀에게, 이 신심 깊은 바라문에게 흰옷을 한 벌 주라고 명령했다. 무슨 일이 일어나고 있는지 완전히 이해하지도 못한 채 싯다르타는 하녀에게 뒷길로 끌려가 어느 정자에 도착했고, 거기에서 웃옷을 선물로 받은 후, 어서 숲 덤불 속으로 들어가 아무도 못 보게 그곳을 빠져나가라는 경고를 받았다. 흐뭇한 기분으로 싯다르타는 시키는 대로 했다. 숲에는 익숙했기에 그는 숲을 빠져나와 소리도 내지 않고 울타리를 넘을 수 있었다.

여전히 흡족해하며 그는 둘둘 만 옷을 팔에 안고 도시로 돌아왔다. 여행자들이 묵는 여관에서 그는 문간에 자리를 잡고, 말없이 음식을 요구했으며, 말없이 떡 한 쪽을 얻어먹었다. 아마도 내일부터는 더 이상 누구에게도 음식을 구걸하지 않을 것이라고 그는 생각했다. 갑자기 자부심이 솟구쳤다. 그는 더 이상 사문이 아니고, 더 이상 구걸하는 것도 어울리지 않았다. 그는 떡을 개에게 던져 주고 먹지 않은 채 견뎠다.

'속세에서 사람들이 살아가는 삶은 쉽다.' 그는 생각했다.

'아무런 어려움이 없다. 사문이었을 때에는 모든 것이 어렵고 힘들고 궁극적으로는 희망이 없었다. 하지만 지금은 카말라가 내게 주는 입맞춤의 가르침처럼 모든 것이 쉽다. 나는 옷과 돈, 그 외에는 아무것도 필요하지 않다. 그것들은 하찮은 것이고, 얻기 힘든 것들이 아니며, 사람을 잠 못 자게 하지는 않는다.'

그는 이미 도시에 있다는 카말라의 집을 찾아내었고, 다음 날 그는 그곳에 나타났다.

"일이 순조롭게 진행되어 가는군요." 그녀가 그에게 외쳤다. "카마스바미 씨 댁에서 당신을 기다리고 있어요. 그는 이 도시에서 가장 부유한 상인이죠. 만약 그가 당신을 좋아한다면, 그는 당신에게 일을 줄 겁니다. 영리하게 구세요, 구릿빛 사문이여. 내가 다른 사람을 시켜 그 상인에게 당신 얘기를 이미 해 두었어요. 그에게 공손하게 대하도록 하세요. 그는 매우 영향력이 큰 사람이에요. 하지만 너무 겸손하게 굴지는 마세요! 나는 당신이 그의 종이 되는 것을 원치 않습니다. 그와 대등해져야 해요. 그렇지 않으면 나는 당신에게 만족하지 않을 것입니다. 카마스바미는 늙고 게으러지기 시작했어요. 그가 당신을 좋아한다면, 그는 당신에게 많은 일을 맡길 거예요."

싯다르타는 그녀에게 감사하며 웃었고, 그녀는 그가 어제오늘 아무것도 먹지 않았다는 것을 알고는 빵과 과일을 가져오게 하여 대접했다.

"당신은 운이 좋았어요." 두 사람이 헤어질 때 그녀는 말했다.

"나는 당신에게 문을 하나씩 열고 있어요. 어째서인지는 모르겠어요. 내게 무슨 주문이라도 걸었나요?"

싯다르타가 말했다.

"어제 내가 말했죠. 나는 생각할 줄 알고 기다릴 줄 알고 또 금식하는 법을 안다고요. 당신은 그게 아무 소용이 없다고 하셨지만, 그것은 많은 것에 유용합니다. 카말라, 당신은 보게 될 것입니다. 당신에게는 어리석어 보이는 사문들이지만, 그들은 숲에서 그럴듯한 것들을 많이 배우고, 카말라 당신 같은 사람들이 할 수 없는 일을 할 수 있어요. 그저께만 해도 나는 여전히 덥수룩한 거지였지요. 하지만 어제는 카말라 당신과 입 맞추었죠. 곧 나는 상인이 되어 돈과 당신이 요구하는 모든 것을 갖게 될 거예요."

"네, 맞아요." 카말라는 인정했다. "하지만 내가 없었다면 당신은 어디에 있었을까요? 카말라가 당신을 돕지 않았다면 당신은 어떻게 되었을까요?"

"사랑스러운 카말라여." 싯다르타가 몸을 곧게 펴며 말했다. "내가 당신의 숲으로 당신을 찾아갔을 때, 나는 첫걸음을 내디뎠어요. 이 가장 아름다운 여인에게서 사랑을 배우기로 결심했으니까요. 이 결심을 한 순간부터 나는 내가 해내리란 걸 알았어요. 그리고 숲 입구에서 당신을 본 순간 첫눈에 당신이 날 도와줄 거라는 걸 알았죠."

"하지만 내가 원치 않았다면요?"

"기꺼이 도와주셨잖아요. 봐요, 카말라, 당신이 돌 하나를 물 속으로 던지면 가장 빠른 길을 찾아 물 밑으로 가라앉겠죠. 싯다르타가 목표와 결심이 섰을 때에도 마찬가지입니다. 싯다르타는 기다리며, 생각하고, 금식할 때 다른 어떤 것도 하지 않습니다. 어떤 것도 하지 않고 돌이 물속을 통과하듯, 나도 어떤 것도 하지 않고 세상의 일들을 통과합니다. 이끌리는 대로 또 넘어지는 대로 목표가 끌어당기는 방향을 향해 싯다르타는 갑니다. 내가 그럴 수 있는 건 목표에 방해가 되는 어떤 것도 내 영혼에 들어오지 못하게 하기 때문이에요. 이것이 싯다르타가 사문들 사이에서 배운 것입니다. 이것이 어리석은 자들이 마술이라고 부르는 것, 악귀가 들렸다고 믿는 것입니다. 아무것도 악귀에 들리지 않았어요, 악귀 같은 건 있지도 않고요. 누구나 마법을 부릴 수 있고, 누구나 자신의 목표를 달성할 수 있어요. 생각할 수 있고, 기다릴 수 있고, 금식할 수 있다면 말이죠."

카말라는 싯다르타의 말에 귀를 기울였다. 그녀는 그의 목소리가 좋았고, 그의 눈빛도 좋았다.

"아마 그럴지도 모르죠." 그녀는 조용히 말했다. "하지만 또한 이런 이유가 있을지도 몰라요. 싯다르타는 잘생긴 남자이고, 그의 눈빛은 여자들을 즐겁게 하고, 그래서 행운이 따른 걸지도요."

싯다르타는 입 맞추며 작별을 고했다. "그렇다면 좋겠어요, 나의 스승님! 내 눈빛이 당신을 즐겁게 하고, 항상 당신에게서 내 행운이 온다면요."

속인들과 함께

싯다르타는 상인 카마스바미를 찾아갔다. 길을 물어 찾아간 그 집은 매우 부잣집이었다. 비싼 양탄자 사이에 서 있는 그를 하인들이 방으로 안내했고, 그는 거기서 집주인을 기다렸다.

카마스바미가 들어왔다. 그는 흰머리에 지적이고 조심스러운 눈빛을 지녔지만, 입은 욕심이 있어 보였다. 부드럽지만 재빠르게 움직이는 사람이었다. 정중하게 주인과 손님은 인사를 나누었다.

"나는 당신이 학식 있는 바라문이지만 상인으로 일하고 싶어 한다고 들었소. 곤궁한 상황에 처했나 보군요." 상인이 먼저 말했다.

"아니요, 저는 곤궁하지 않고, 그랬던 적도 없습니다. 선생님은 제가 사문들과 오랫동안 생활하다가 온 것을 모르시는 것 같군요."

"당신이 사문들과 지내다 왔다면 어찌 곤궁하지 않을 수 있겠소? 사문들은 아무것도 소유하지 않잖소?"

"그런 뜻이라면 맞습니다. 저는 소유한 게 없습니다. 하지만 저는 제가 원해서 소유하지 않는 것이기에 곤궁하지 않습니다." 싯다르타가 대답했다.

"하지만 소유물 없이 무엇으로 살아갈 계획이오?"

"아직 생각해 보지 못했습니다. 삼 년이 넘도록 저는 소유물 없이 살아왔기에, 제가 어떻게 살아야 할지 생각해 본 적이 없습니다."

"그러니까 당신은 다른 사람의 소유물로 살아왔군요."

"아마도 그런 것 같습니다. 그렇지만 결국 상인이라는 신분도 다른 사람의 소유물로 살아가는 거 아닌가요?"

"맞아요. 하지만 상인은 남의 것을 공짜로 빼앗지는 않아요. 대가로 자신의 물건을 주지요."

"진정 누구에게나 그건 해당하는 것 같습니다. 누구나 주고, 누구나 받고, 주는 만큼 받는 것 그게 인생이죠."

"하지만 실례가 되지 않는다면, 전혀 소유한 게 없는 당신은 무엇을 줄 건가요?"

"누구나 자신이 가진 것을 줍니다. 전사는 힘을 주고, 상인은 물건을, 스승은 가르침을, 농부는 쌀을, 어부는 물고기를 주죠."

"그렇죠. 그럼 이제 당신은 뭘 줄 수 있죠? 당신이 배운 것, 당신이 할 수 있는 것은요?"

"생각할 수 있고, 기다릴 수 있고, 금식할 수 있습니다."

"그게 다인가요?"

"네, 그게 다입니다!"

"그게 무슨 소용이죠? 예를 들어, 금식은 뭐에 좋은가요?"

"그건 아주 좋은 겁니다. 아무것도 먹을 게 없을 때 금식하는 것은 그 사람이 할 수 있는 가장 현명한 일입니다. 예를 들어 싯다르타가 금식하는 법을 배우지 않았다면, 저는 오늘이 다 가기 전에 어떤 종류의 일이라도 무조건 시키는 대로 받아들여야 할 것입니다. 선생님 곁에서건 어디에서건, 배고픔이 그렇게 하도록 강요할 것이기 때문이지요. 하지만 싯다르타는 이렇게 차분하게 기다릴 수 있습니다. 조급하지도 않고 위급하지도 않지요. 저는 아무리 오랜 시간 굶주림이 저를 사로잡아도 그것에 대해 웃어넘길 수 있습니다. 이것이 바로 금식의 좋은 점입니다."

"오호, 당신 말이 맞소! 사문의 젊은이여, 잠시만 기다려 주시오."

카마스바미는 방을 나갔다가 두루마리 종이를 들고 돌아와 싯다르타에게 건네주며 물었다. "이걸 읽을 수 있겠소?"

싯다르타는 두루마리 종이를 살펴보았는데, 그 두루마리에는 매매 계약서가 적혀 있었다. 그는 그 내용을 읽기 시작했다.

"훌륭하군요." 카마스바미가 말했다. "그럼 이 종이에다 몇 자 적어 줄 수 있겠소?"

그는 종이 한 장과 붓을 건네주었고, 싯다르타는 거기에 글을 써서 돌려주었다.

카마스바미가 그것을 읽었다. "글을 쓰는 것은 좋지만 생각하는 것은 더 좋은 것이다. 똑똑한 것은 좋지만 인내하는 것은 더 좋은 것이다." 상인은 "글을 쓰는 능력이 훌륭하군요."라고 칭찬했다.

"아직은 서로 논의해야 할 것이 많습니다. 일단 내 손님이 되어 이 집에 사는 게 어떻겠소? 오늘은 여기까지 하지요."

싯다르타는 감사히 수락했고, 그날부터 상인의 집에서 살게 되었다. 옷과 신발을 제공받았고, 하인이 매일 목욕물을 준비해 주었다. 하루에 두 번 풍성한 식사가 제공되었지만, 그는 한 끼만 먹었고, 고기도 먹지 않았으며, 포도주도 마시지 않았다. 카마스바미는 싯다르타에게 자신의 장사에 관해 이야기했고, 상품과 창고를 보여 주며 계산법도 알려 주었다. 싯다르타는 새로운 많은 것을 알게 되었다. 그는 많이 듣고, 말은 거의 하지 않았다. 그리고 카말라의 말을 생각하면서 상인에게 결코 종속되게 행동하지 않았다. 상인이 그를 동등하게 대하도록, 아니 그 이상으로 대할 수밖에 없도록 행동했다.

카마스바미는 조심스럽게, 그리고 종종 열정을 가지고 사업을 수행했다. 하지만 싯다르타는 이 모든 것을 마치 하나의 놀이처럼 생각했다. 그것의 규칙을 정확하게 배우려고 열심히 노력했지만, 그 내용은 그의 마음을 움직이지 못했다.

카마스바미의 집에 머문 지 얼마 안 되어 싯다르타는 곧 카마스바미가 하는 일을 같이하게 되었다. 그는 날마다 카말라가 지정한 시간에 멋진 옷과 좋은 신발을 신고 아름다운 카말라를 만나러 갔고, 곧 선물도 가져다주었다. 그는 그녀의 붉고 영리한 입술로부터 많은 것을 배웠다. 그는 그녀의 부드럽고 유연한 손에서 많은 것을 배웠다. 그는 사랑에 관해서는 여전히 소년에 불과했기에, 만족을 모른 채 맹목적으로 욕망에 빠져들려고 하였다. 그런 그를 카말라는 철저하게 가르쳤다. 기초부터 시작하여, 쾌락을 주지 않고는 쾌락을 받을 수 없음을 가르쳤고, 모든 몸짓, 모든 애무, 모든 손길, 모든 눈길, 그리고 신체의 모든 부분에, 그곳이 아무리 작은 곳일지라도 저마다 비밀을 지니고 있음을, 그리고 그 비밀을 아는 자에게 행복을 가져다준다는 것을 가르쳤다.

　그녀는 그에게 가르쳤다. 연인들은 사랑을 나눈 후 서로에게 경탄하는 마음 없이 헤어져서는 안 되며, 정복하고 정복당했다는 느낌 없이 헤어져서는 안 된다고 가르쳤다. 그래야 싫증이나 지루함을 느끼지 않고, 학대하거나 학대받았다는 불쾌한 감정을 느끼지 않는 거라고 가르쳤다. 아름답고 영리한 예술가가 가르쳐 주는 멋진 시간을 함께 보내며 싯다르타는 그녀의 제자가, 연인이, 친구가 되었다. 그가 지금 살고 있는 현생의 가치와 목적은 여기 카말라와 함께 있는 것이지, 카마스바미와 함께하는 사업에 있지 않았다.

　상인은 중요한 편지와 계약서를 작성하는 일을 모두 싯다르타에게 넘겼고, 습관적으로 모든 중요한 일을 그와 논의했다. 그는 싯다르타가 쌀과 양모, 운송과 무역에 관해서는 거의 알지 못하지만, 싯다르타의 행동을 보며 그가 좋은 운을 가져오는 사람임을 곧 알아차렸다. 싯다르타는 침착하고 평온한 태도에서도 카마스바미보다 훨씬 나았고, 모르는 사람의 말을 경청하고 깊이 이해하는 기술에서도 그보다 훌륭했다. 카마스바미는 친구에게 말했다. "이 바라문은 제대로 된 상인이 아니야, 상인이 될 수도 없고 말이야. 이 일을 할 때 그의 영혼에는 열정이 없어. 하지만 그는 신비한 자질을 지녔어. 성공이 저절로 따라오는 사람들만이 가진 자질이지. 출생의 별자리가 좋아서인지, 어떤 마법인지 모르겠어. 어쩌면 그가 사문들 사이에서 배운 걸지도 모르지. 그는 항상 우리 사업을 가지고 노는 것처럼 보여. 사업을 저 자신과 하나라고 여기질 않아. 그래서 사업이 그를 지배하지 못하지. 그는 실패를 두려워하지도 않고, 손해를 봐도 화내지를 않아."

친구는 카마스바미에게 조언했다. "그가 자네를 위해 수행하는 사업에서 얻는 수익의 3분의 1만 그에게 줘 봐. 그리고 손실이 발생하면 손실만큼의 금액을 그대로 책임지게 하는 거지. 그러면 그가 더 열정적으로 될 거야."

카마스바미는 그의 충고를 따랐다. 하지만 싯다르타는 이에 대해 거의 신경 쓰지 않았다. 이익이 나면 평온하게 받아들였고, 손실이 나면 웃으며 이렇게 말했다. "이런 어쩌나, 이번 일은 잘되질 않았군!"

실제로 그는 사업에 관심이 없는 것처럼 보였다. 한번은 많은 양의 쌀을 사러 한 시골 마을에 갔다. 하지만 그곳에 도착했을 때 쌀은 이미 다른 상인에게 팔린 뒤였다. 그런데도 싯다르타는 그 마을에 며칠 동안 머무르며 농부들을 대접했다. 농부들에게 술을 사 주고, 아이들에게 구리 동전을 나눠 주고, 결혼식에 참석해 축하도 해 주었다. 그러고 나서 매우 만족스럽게 여행에서 돌아왔다.

카마스바미는 그가 바로 돌아오지 않고, 시간과 돈을 낭비했다고 질책했다. 싯다르타는 대답했다. "꾸짖지 말아 주세요. 꾸짖어서 얻는 것은 아무것도 없습니다. 손실이 발생했다면 그 손실은 내가 감당하겠습니다. 나는 이번 여행에 매우 만족합니다. 나는 많은 종류의 사람들을 알게 되었고, 바라문 한 사람은 내 친구가 되었습니다. 그 친구의 아이들이 내 무릎에 앉아 놀았고, 농부들은 나에게 그들의 밭을 보여 주었습니다. 모두가 내가 상인이라는 사실을 잊었지요."

"그것참 좋은 일이군요," 카마스바미는 분개하며 외쳤다. "그렇지만 당신은 결국 상인이잖소. 생각이란 걸 하지 않는 거요? 단지 당신 즐거우라고 여행한 거요?"

싯다르타는 웃으며 대답했다. "확실히 나는 나의 즐거움을 위해 여행했습니다. 아니면 무엇을 위해서겠어요? 나는 사람들과 좋은 곳들을 알게 되었고, 친절과 신뢰를 받았으며, 우정을 찾았습니다. 보세요, 친애하는 카마스바미, 내가 카마스바미 당신이었다면 구매가 수포로 돌아간 걸 알자마자 짜증을 내며 서둘러 여행에서 돌아왔을 거예요. 하지만 만약 그랬다면, 그거야말로 진짜 돈과 시간을 낭비한 것이죠. 하지만 나는 이렇게 며칠 동안 좋은 날을 보냈고, 배웠고, 기쁨을 누렸으며, 짜증이나 성급함으로 나 자신뿐 아니라 다른 사람 누구에게도 해를 끼치지 않았습니다. 나중에 거기 또 가게 된다면 수확물을 구매하러 가든 다른 목적으로 가든 거기 사람들은 나를 친절하고 행복하게 맞이할 것입니다. 그러면 나는 저번에 서두르거나 불쾌함을 보이지 않았던 나에 관해 칭찬할 겁니다. 그러니 그대로 놔두세요. 나를 혼내시는 걸로 자신에게 상처 주지 마세요. 만약 싯다르타가 나에게 해를 끼치고 있다는 생각이 드는 날이 오면, 그때 나에게 한마디만 해 주세요. 그러면 싯다르타는 자신의 길을 갈 것입니다. 하지만 그런 날이 오기 전까지는 우리 서로에게 만족합시다."

카마스바미는 자신이 버는 돈으로 먹고사는 것 아니냐며 싯다르타를 설득해 보려고 했지만 헛수고였다. 싯다르타가 자기 몫의 빵을 먹고 있다고 여겼기 때문이다. 하지만 사실은 둘 다 다른 사람의 빵, 모든 사람의 빵을 먹고 사는 것이었다. 싯다르타는 결코 카마스바미의 걱정에 귀 기울이지 않았다. 카마스바미는 걱정이 많았다. 거래가 실패할 위험에 처해 있지는 않은지, 발송한 상품이 분실되지는 않을지 걱정했고, 채무자가 돈을 갚지 못할 것처럼 보일 때에도 크게 걱정을 했다. 카마스바미는 그럴 때마다 걱정과 근심의 말을 뱉고, 이마에 주름을 만들며, 잠을 제대로 자지 못했다. 하지만 그렇게 하는 것이 어떤 쓸모가 있는지를 결코 싯다르타에게 설득하지 못했다. 어느 날 카마스바미가 싯다르타에게 그가 알고 있는 것들은 모두 자기가 알려 준 것이라며 비난하자, 싯다르타는 대답했다. "제발 그런 농담은 마세요. 내가 당신에게 배운 건 생선 한 바구니가 얼마인지, 그리고 빌린 돈에 이자가 얼마나 붙는지 하는 것입니다. 이게 바로 당신의 전문 분야이지요. 나는 당신에게서 생각하는 법을 배우지 않았어요. 친애하는 카마스바미, 당신이야말로 나에게 배워야 할 사람입니다."

실제로 싯다르타는 사업에 영혼을 쏟지 않았다. 사업은 카말라를 만나기 위한 돈을 마련할 수 있을 만큼 잘되었고, 실제 필요한 것보다 훨씬 더 많은 돈을 벌었다. 싯다르타가 관심과 호기심을 보이는 대상은 오직 사람들이었다. 그들의 사업, 기술, 걱정, 즐거움, 어리석은 행동 들은 싯다르타에게 달처럼 멀리 있는 낯선 것으로 여겨졌다. 하지만 그는 모든 사람과 쉽게 대화할 수 있었고, 그들 모두와 함께 살았으며, 그들 모두로부터 배웠다. 그는 여전히 자신이 그들과 다른 부분이 있다는 걸 알고 있었다. 그것은 바로 자신이 사문이었다는 사실이다. 그는 인류가 어린애나 동물과 같은 삶을 살아가는 것을 보았다. 그는 그런 모습들을 사랑하면서도 동시에 경멸했다. 그는 대가를 치를 가치가 전혀 없는 돈과 하찮은 쾌락, 약간의 명예를 위해 애쓰고 고통받으며 늙어 가는 것을 보았다. 서로를 꾸짖고 모욕하는 것을 보았다. 사문이라면 웃어넘길

일에 고통받고 불평하는 것을 보았다. 사문이라면 느끼지 못할 그런 박탈감으로 그들은 고통받고 있음을 보았다.

그는 이 사람들이 가져온 모든 것에 마음을 열었다. 그에게 아마를 팔겠다고 가져와 제안하는 상인도, 빚을 또 져야 한다는 채무자도, 한 시간 동안이나 자신의 가난에 관해 이야기하는, 거의 사문과 다름없는 거지조차도 그는 환영했다. 그는 부유한 외국 상인조차도, 면도를 해 주는 하인이나 그가 바나나를 살 때 거스름돈을 빼돌리는 노점상과 다르게 대하지 않았다. 카마스바미가 그에게 와서 그의 걱정에 관해 불평하거나 사업에 관해 싯다르타를 비난해도, 그는 그런 말들을 호기심을 갖고 행복하게 듣거나, 조금은 당황스러워도 카마스바미를 이해하려고 노력했다. 꼭 필요하다고 여겨지는 만큼만 카마스바미에게 옳다고 동의했다. 그러고는 자신에게 또 걱정거리를 말할 다른 사람이 있으면 싯다르타는 그 사람에게 고개를 돌렸다. 많은 사람이 그에게 왔고, 많은 사람이 그와 거래를 하고, 많은 사람이 그를 속이기도 했으며, 그에게서 어떤 비밀을 끌어내기도 했다. 반면 많은 사람이 그의 동정심에 호소하기도 하고, 조언을 구하기도 했다. 그는 사람들에게 조언을 해 주고, 불쌍히 여기기도 하고, 선물도 주었다. 그는 그들이 자신을 조금은 속이게 놔두었다. 이런 모든 삶이라는 놀이와 그에 관한 사람들의 열정이 그의 생각을 사로잡았다. 마치 예전에 신과 바라문이라는 존재가 그의 생각을 사로잡았던 것처럼 말이다.

그는 때때로 가슴 깊은 곳에서 꺼져 가는 듯 나지막이 그를 책망하고 조용히 한탄하는 목소리를 느꼈다. 그는 그것을 거의 인식하지 못했다. 하지만 그러고 나면 한 시간 정도 그는 자신이 이상

한 삶을 살고 있다는 것을 느꼈다. 많은 일을 하지만 단지 하나의 놀이에 불과한 삶을 살고 있다는 생각이 들었다. 때때로 행복하고 기쁨도 느꼈지만, 진정한 삶은 여전히 그를 지나치며, 그가 있지 않은 다른 곳에서 흘러가고 있는 것만 같았다. 공을 가지고 경기하는 선수가 공을 가지고 놀듯이, 그는 주변 사람들과의 거래를 가지고 놀았다. 그들을 보면서 그 안에서 즐거움을 발견했다. 하지만 그는 자신의 마음, 자기 존재의 근원과 함께 있지 못했다. 그 근원은 그에게서 멀리 떨어진 어딘가로 보이지 않게 달려가고 있었고, 더 이상 그의 삶과는 아무 관련이 없었다. 그리고 여러 번 그는 이런 생각 때문에 갑자기 무서움을 느꼈다. 그는 이 모든 놀이와도 같은 속세의 일들에 열정을 갖고 참여할 수 있는 재능이 있다면 좋겠다고 생각했다. 방관자로서 어딘가의 삶 앞에 서 있는 것이 아닌, 그의 마음으로, 진정하게 살고, 진정하게 행동하고, 진정으로 즐기고 싶었다. 하지만 그는 몇 번이고 아름다운 카말라에게로 돌아와 사랑의 기술을 배웠고, 주고받음이 하나가 되는 욕망의 의식을 행했다. 그녀와 대화를 나누고, 그녀에게서 배우고, 조언을 해 주고, 조언을 받기도 했다. 그녀는 고빈다보다 더 싯다르타를 이해했고, 그와 더 닮아 있었다.

한번은 싯다르타가 그녀에게 말했다. "당신은 나와 같고, 여느 보통 사람과는 달라요. 당신은 카말라이고, 다른 아무것도 아니며, 당신의 내면에는 평화가 있고, 하루 중 언제든 당신이 집처럼 편히 쉴 수 있는 도피처가 있어요. 나 또한 그렇게 할 수 있는 도피처죠. 오직 소수의 사람만이 가지고 있지요. 모든 사람이 다 가질 수 있음에도요."

"모든 사람이 다 영리하진 않아요." 카말라가 대답했다.

"아니요, 그게 이유가 아닙니다." 싯다르타는 대답했다. "카마스바미는 나만큼이나 영리하지만, 여전히 자신 안에 도피처가 없어요. 마음속에 존경을 지닌 어린아이들은 그것을 가지고 있죠. 사람들 대부분은 바람에 날려 공중에서 떠다니는 낙엽과 같습니다. 흔들리다가 땅에 떨어지죠. 하지만 소수의 사람은 별과 같아서 고정된 길을 가고 바람은 그들을 흔들지 못합니다. 그들 안에는 그들의 법과 그들의 길이 있지요. 제가 아는 많은 학식 있는 사람들과 사문들 중에 이런 종류의 완벽한 사람이 있었습니다. 그를 결코 잊을 수 없습니다. 고타마, 고귀한 분, 그분은 바로 그런 가르침을 전파하고 계십니다. 수천 명의 추종자가 그분의 가르침에 귀를 기울이고 있습니다. 하지만 매일 가르침을 듣고, 매시간 그의 지시를 따르지만, 그들은 모두 떨어지는 낙엽에 불과합니다. 자기 안에 그 가르침과 법이 있지 않으니까요."

카말라는 미소를 지으며 그를 바라보았다. "또 그 사람 얘기를 하고 있군요."

"당신은 여전히 또 사문처럼 생각하고 있어요." 그녀가 말했습니다.

싯다르타는 아무 말도 하지 않았고, 그들은 사랑의 유희를 즐겼다. 카말라가 알고 있는 삼사십 가지의 삶의 놀이 중 하나였다. 그녀의 몸은 치타의 몸처럼, 사냥꾼의 활처럼 유연했다. 그녀에게 사랑을 나누는 방법을 배운 사람은 많은 형태의 욕망과 많은 비밀을 알고 있었다. 오랫동안 그녀는 싯다르타와 유희를 즐겼다. 그를 유혹하기도 거부하기도 강요하기도 했으며, 또 포옹했다. 그러면서 그가 정복당하고 지쳐 그녀의 곁에서 쉴 때까지 그의 능숙한 기술을 즐겼다.

기녀 카말라는 몸을 굽혀 그의 얼굴과 나른해져 가는 눈을 오랫동안 바라보았다.

"당신은 내가 본 사람들 중 최고의 연인이에요." 그녀는 신중하게 말했다. "당신은 다른 사람보다 강하고, 유연하고, 의지도 굳죠. 당신은 나의 기술을 아주 잘 배웠어요, 싯다르타. 언젠가 내가 더 나이가 들면, 당신의 아이를 낳고 싶어요. 하지만 내 사랑, 당신의 진정한 내면은 여전히 사문으로 존재하면서 나를 사랑하지 않아요. 아무도 사랑하지 않죠, 그렇지 않나요?"

"그럴지도 모르죠." 싯다르타가 노곤한 목소리로 말했다. "나는 당신과 같아요. 당신 또한 사랑하지 않습니다. 어떻게 사랑을 기술로써 행할 수 있나요? 아마도, 우리 같은 종류의 사람들은 사랑을 할 수 없는 거 같아요. 하지만 어린아이 같은 속세의 사람들은 사랑을 할 수 있죠. 그것이 바로 그들의 비밀입니다."

윤회

싯다르타는 오랫동안 비록 그 일부가 되지는 않았지만, 속세와 욕망의 삶을 살았다. 한창 사문이던 시절에 그가 애써 억눌렀던 감각들이 다시 깨어났고, 그는 재물과 욕망, 권세를 모두 맛보았다. 그런데도 그는 여전히 마음속에서 사문으로 남아 있었다. 영리한 카말라는 이것을 정확히 알고 있었다. 여전히 사색의 기술, 기다림의 기술, 금식의 기술이 그의 삶을 인도했다. 시간이 흘러도 천진난만한 속세의 사람들은 그가 그들에게 낯선 것처럼 그에게도 낯선 존재로만 여겨졌다.

그렇게 몇 년이 지났지만, 싯다르타는 좋은 삶에 둘러싸여 세월이 흐르는 것도 거의 느끼지 못했다. 그는 부자가 되었고, 꽤 오랫동안 자기 집과 하인들을 소유했으며, 도시 앞 강가에 정원을 가지고 있었다. 사람들은 그를 좋아했고, 돈이나 조언이 필요할 때마다 그를 찾았다. 하지만 카말라 말고는 그와 가까운 사람은 아무도 없었다.

한창 젊었을 적, 고타마 부처의 설교를 듣고 나서 고빈다와 헤어진 다음 잠깐 경험했던 그 높고 밝은 깨어 있는 상태, 그 긴장된 기대, 가르침도 스승도 필요 없이 홀로 설 수 있다는 자부심, 자신의 마음속에서 신성한 목소리를 들으려는 그 유연한 의지는 천천히 기억 속에서 흐려져 갔고, 덧없는 것이 되어 갔다. 예전에는 가까이 느껴졌고, 자기 안에서 중얼거리는 것 같던 거룩한 근원의 목소리가 이제는 멀고 아득하게 느껴졌다. 그럼에도 그가 사문들에게 배운 많은 것들, 고타마 부처에게 배운 것, 아버지와 바라문에게 배운 것은 그 후에도 오랫동안 남아 있었다. 절제된 삶과 기쁨, 명상의 시간, 몸도 아니고 의식도 아닌 영원한 실체로서의 자아를 비밀스레 느끼는 것 들이 그것이었다. 많은 부분을 그는 여전히 가지고 있었지만, 하나씩 차례로 가라앉고 먼지가 쌓여 갔다. 마치 물레가 한번 움직이기 시작하면 오랫동안 계속 돌다가 서서히 활력을 잃고 멈춰 서는 것과 같았다. 싯다르타의 영혼은 수행의 바퀴를, 생각의 바퀴를, 분별의 바퀴를 오랫동안 돌려 왔고, 이제는 여전히 돌고는 있지만 멈출 듯 멈출 듯 천천히 그렇게 돌고 있었다. 습기가 죽어 가는 나무뿌리로 스며들듯, 천천히 그 것을 채워 썩게 하듯, 속세의 삶과 타성이 싯다르타의 영혼을 가득 채워 무겁고 피곤하게 만들어 잠들게 했다. 반면에 그 시간 동안 그의 감각들은 살아나 많은 것들을 배우고 경험했다.

싯다르타는 장사하는 법을 배웠고, 힘으로 사람들을 지배하는 법을 배웠으며, 여자와 함께 즐기는 법, 아름다운 옷을 입는 법, 하인들에게 명령을 내리는 법, 그리고 향기로운 물로 목욕하는 법을 배웠다. 그는 신경 써서 조심스레 준비한 음식과 생선, 심지어 고기와 가금류, 향신료, 단 음식까지도 먹는 법을 배웠다. 그리고 나른함과 망각을 유발하는 술 마시는 법도 배웠다. 그는 주사위를 가지고 놀거나 장기 두는 법을 배웠으며, 무희들을 감상하고 가마에 타는 법, 그리고 푹신한 침대에서 자는 법도 배웠다. 하지만 여전히 그는 다른 사람들과 자신은 다르다고, 자신이 우월하다고 느꼈다. 그는 항상 다른 사람들을 약간 조롱하는 마음으로 바라보았다. 사문들이 속세의 사람들에게 끊임없이 느끼는 경멸 같은 것이었다. 카마스바미가 병에 걸렸을 때, 그가 짜증을 내거나 모욕감을 느낄 때, 또 상인으로서 걱정거리들 때문에 속을 태울 때에도 싯다르타는 항상 조롱하는 마음으로 그를 지켜보았다. 알지 못하는 새 천천히 수확의 계절들과 장마철들이 지나가면서 그의 조롱은 점점 지쳐 갔고, 그의 우월감도 점차 수그러들었다. 점점 늘어나는 재물 속에서 싯다르타도 속세 사람들을 닮아 갔다. 어린아이 같은 유치함 혹은 두려움 같은 것이었다. 그럼에도 그는 그들을 부러워했고, 부러워할수록 점점 더 그들과 비슷해져 갔다. 그들에게는 자신에게 없는 한 가지가 있었기에 싯다르타는 그들을 부러워했다. 그것은 그들이 그들 삶에 부여하는 가치, 기쁨과 두려움에 존재하는 많은 열정, 끊임없이 사랑에 빠지는, 두렵지만 달콤한 행복이었다. 이 사람들은 언제나 자기 자신과 사랑에 빠지거나 여자들, 자녀, 명예나 돈, 계획이나 희망을 사랑했다. 하지만 그는 그들에게서 이것을 배우지 못했다. 그 많은 것들 중 어린아이와 같이 느끼는 삶의 기쁨, 어린아이의 어리석음과도 같은 이 기쁨을 그는 배우지 못했다. 그 많은 것 중 그가 배운 것이 있다면 자기 자신을 멸시하는 태도와 같은 불쾌한 것이었다. 전날 밤 사람들과 모여 놓면 다음 날 아침에는 더 오랫동안 침대에 머물렀고, 그러면 생각할 수도 없고 피곤함만 느끼는 일이 잦아졌다. 이제는 카마스바미가 자신의 걱정거리를 말하며 그를 지루하게 하면 싯다르타는 화도 내게 되었고, 참을성도 없어졌다. 주사위 놀이에서 졌을 때에는 너무 크게 웃었다. 그의 얼굴은 여전히 다른 사람들보다 더 똑똑하고 정신적으로 강해 보였지만, 거의 웃지 않았고, 점점 부자들의 얼굴에서 자주 발견되는 특징들, 불만이나 병약함, 불편한 심기, 나태함, 그리고 부족한 사랑 같은 특징들을 보였다. 천천히 부자들이 가지는 영혼의 질병이 그를 사로잡았다.

면사포 같은, 엷은 안개 같은 피곤함이 싯다르타를 천천히 덮쳤다. 날이 갈수록 그것은 점점 짙어졌고, 달이 지날수록 그것은 점점 탁해졌으며, 해가 바뀔 때마다 조금씩 무거워졌다. 새 옷이 시간이 지남에 따라 낡아져서 아름다운 색을 잃고, 주름이 생기고, 솔기가 풀어져 여기저기서 실밥이 보이듯, 싯다르타가 고빈다와 헤어진 후 시작한 삶은 세월이 감에 따라 오래되고, 그 색과 화려함을 잃고 주름과 얼룩이 늘어갔으며, 바닥에 숨겨져 있지만 이미 여기저기서 그 추함을 보여 주고 있었고, 실망과 혐오만이 기다리고 있었다. 싯다르타는 그것을 알아차리지 못했다. 그는 단지 그당시 자기 내면에서 깨어난 밝고 믿음직한 목소리가, 그의 가장 좋은 시기에 그를 인도했던 그 목소리가, 점점 침묵하고 있다는 것을 알아차렸을 뿐이다.

그는 세상과 욕망, 탐욕과 나태함에 사로잡혀 있었고, 마지막으로 그가 경멸하고 조롱했던 악 중에서도 가장 어리석은 악인 욕심에 사로잡혔다. 재산과 소유물, 그리고 부유함이 마침내 그를 지배했다. 그것들은 더 이상 그에게 삶의 놀이이거나 사소한 것이 아니라, 족쇄와 짐이 되어 버렸다. 이상하고도 그릇된 방식으로, 싯다르타는 주사위 도박을 통해 모든 집착 중 가장 전형적이고 수준이 낮은 속박에 휘말려 들었다. 싯다르타는 마음속에서 더 이상 사문이 아니었던 때부터, 예전 같았으면 천진난만한 속인들의 습성처럼 미소를 지으며 가볍게 즐겼을 주사위 놀음을, 돈과 귀한 물건을 위해 점점 더 격렬한 분노와 열정으로 하기 시작했다. 그는 두려운 도박꾼이었으며, 그의 판돈은 대담한 것이어서 감히 그를 상대할 수 있는 사람이 거의 없었다. 그는 마음의 고통 때문에 노름을 했고, 노름에서 그의 비참한 돈을 잃는 것은 그에게 분노에 찬 기쁨을 가져다주었다. 상인이 신처럼 떠받드는 부유함이라는 것을 더 명확하게 조롱하고 경멸할 수 있는 다른 방법이 없었기 때문이다. 그렇게 높은 판돈으로 무자비하게 도박을 하며, 자신을 미워하고 조롱하며, 때로는 큰돈을 따기도 하고 큰돈을 잃기도 했다. 그렇게 돈을 잃고, 보석을 잃고, 그 나라에서 집도 잃었다. 그러다가 또 이겨 돈을 따거나 다시 잃기를 반복했다. 그 두려움, 주사위를 굴리면서 느꼈던 몸서리치는 두려움, 큰 판돈을 잃는 것에 대한 걱정 속에서 오는 그 두려움, 바로 그는 이 두려움을 사랑했다. 그는 그 두려움을 끊임없이 새롭게 만들고 고조시켜 조금 더 높은 수준으로 끌어올리려 했다. 왜냐하면 이 감정에서만 그는 여전히 어떤 행복 같은 것, 일종의 황홀경, 그의 무기력하고 미지근하고 둔감한 삶 속에서 무언가 한 단계 고양된 것 같은 느낌을 받았기 때문이다.

그리고 돈을 크게 잃을 때마다 그의 마음은 새로운 부를 추구하여 더 열성적으로 장사를 하고, 채무자에게는 더 엄격하게 돈 갚을 것을 강요했다. 계속 도박을 하고 싶었고, 계속 낭비하고 싶었기 때문이다. 부를 경멸하는 자신의 태도를 계속 보이고 싶었기 때문이다. 싯다르타는 돈을 잃었을 때 침착함을 잃었고, 꿔 준 돈을 받지 못했을 때 인내심을 잃었다.

거지에 대한 친절을 잃었고, 그에게 간청하는 사람들에게 나눠주고 돈을 빌려주던 자신의 기질도 잃었다. 한 번의 주사위 굴림으로 엄청난 돈을 잃고 그것을 비웃던 그는, 자신의 사업과 거래에서 더 깐깐하고 더 옹졸해졌으며, 때때로 밤에는 돈에 관한 꿈을 꾸었다. 그리고 이 흉측한 마법에서 깨어날 때마다, 그가 침실의 거울에서 늙고 추악한 자신의 얼굴을 발견할 때마다, 부끄러운 혐오감이 그를 덮칠 때마다 그는 계속 새로운 도박으로 도망치고, 육욕과 술에 빠져 마음을 마비시켰다. 그리고 또 그 상태에서 빠져나와 그는 다시 재물을 쌓고, 다시 재물을 얻고 싶은 충동으로 도망쳤다. 이 무의미한 순환 속에서 그는 지쳐 갔고, 늙어 갔으며, 병들어 갔다.

그러던 중 어떤 꿈이 그에게 경고하는 순간이 왔다. 싯다르타는 카말라와 함께 감미로운 쾌락의 저녁 시간을 보낸 후 나무 아래 앉아 이야기를 나누고 있었다. 카말라가 사려 깊은 말들을 했는데, 그 뒤에는 슬픔과 피곤함이 숨어 있었다. 그녀는 그에게 고타마에 관해 말해 달라고 부탁했지만 고타마의 이야기를 충분히 듣지 못했기에 그의 눈이 얼마나 맑은지, 그의 입이 얼마나 고요하고 아름다운지, 그의 미소가 얼마나 친절한지, 그리고 그의 걸음이 얼마나 평화로운지를 물었다. 싯다르타는 그녀에게 고귀한 부처에 관해 오랜 시간 이야기해야 했고, 카말라는 한숨을 쉬고 말했다. "언젠가, 아마도 조만간 나도 그 부처를 따라갈 거예요. 그분께 내 유원지를 기부하고, 그분의 가르침 속에서 안식처를 찾고 싶어요." 하지만 그 후, 그녀는 싯다르타를 흥분시켜서 고통스러운 열정으로 사랑을 나누었다. 입술을 깨물고 눈물을 흘리며, 마치 이 헛되고 덧없는 쾌락에서 마지막 달콤한 한 방울까지 짜내려는 듯 그렇게 사랑을 나누었다. 싯다르타는 욕망이 죽음과 얼마나 가까운지 이처럼 분명히 느껴졌던 때가 없었다. 그 후 그는 그녀 옆에 누웠다. 카말라의 얼굴은 그의 얼굴과 가까이 있었고, 그녀의 눈 아래와 입가에서 그는 전보다 더욱 선명하게 새겨진 두려운 비문을 읽었다. 작은 주름들, 미세한 홈으로 이루어진 비문, 가을과 노년을 떠올리게 하는 비문이었다. 마찬가지로 사십 대에 불과한 싯다르타 자신도 검은 머리카락 사이에 여기저기 섞인 흰머리를 이미 눈치채고 있었다. 카말라의 그 아름다운 얼굴에는 피로가 깃들어 있었다. 그것은 도착해도 행복해할 그런 종착지도 없이 마냥 먼 길을 걸어온 데서 온 듯한 피로였다. 그 피로는 시들어 가기 시작한다는 표시이며, 말로는 표현되지 않고 의식조차 할 수 없는 불안의 징표였다. 늙는다는 것, 인생의 가을을 맞이하고 다가오는 죽음을 기다려야 한다는 것에 대한 두려움이었다. 싯다르타를 떠나보내기 싫은 마음과 감춰진 불안으로 가득한 카말라에게 싯다르타는 한숨을 지으며 작별 인사를 했다.

그 후 싯다르타는 자기 집에서 무희들과 술을 마시며 밤을 보냈다. 그는 이제 더 이상 그렇지 않았음에도, 그와 같은 계급의 사람들보다 자신이 더 우월한 것처럼 행동했다. 많은 술을 마시고

자정이 한참 지난 후 잠자리에 들었다. 피곤했지만 울음과 절망에 가까운 흥분 상태로 오지 않는 잠을 청했다. 그의 마음은 더 이상 그가 참을 수 없을 것 같은 비참함으로, 온몸을 관통하는 혐오감으로 가득 차 있었다. 그 혐오감은 미지근하고 역겨운 포도주 맛이었고, 너무 감미롭고 둔감한 음악 소리, 무희들의 심하게 부드러운 미소, 그녀들의 머리카락과 가슴에서 나는 달콤한 향기와 같았다. 하지만 무엇보다도 그는 자기 자신의 향수 뿌린 머리, 입에서 풍기는 술 냄새, 축 늘어진 피곤함과 무기력한 피부가 역겨웠다. 마치 너무 많이 먹고 마신 사람이 고통스럽게 토해 내면 그래도 속이 좀 편안해지는 것과 마찬가지로, 이 잠 못 이루는 남자는 거대한 역겨움을 느끼며 이 쾌락에서, 이 습관과 이 모든 무의미한 삶과 자아에서 벗어나고 싶었다. 아침이 밝아 오고, 집 앞 길가에서 그날의 첫 번째 활동의 소리들이 들려올 때까지 그는 살짝 잠이 들었을 뿐이었다. 잠깐 의식이 반쯤 깨어 있는 듯한 잠의 순간에 그는 꿈을 꾸었다.

카말라는 황금 새장 안에 작고 희귀한 노래하는 새를 키우고 있었다. 이 새에 관해 싯다르타는 꿈을 꾸었다. 다른 때 같았으면 아침마다 노래를 부르던 새가 벙어리가 되어 버렸고, 그때부터 싯다르타는 그 새에 관심을 가졌다. 그는 새장 앞으로 다가가 안쪽을 들여다보았다. 새는 죽어서 바닥에 뻣뻣하게 누워 있었다. 그는 새를 꺼내서 손에 들고 잠시 무게를 느껴 본 다음 길거리에 던져 버렸다. 하지만 같은 순간, 그는 끔찍한 충격을 받았고 마음에 큰 상처를 느꼈다. 마치 그가 가진 모든 가치와 모든 좋은 것을 새를 버림으로써 똑같이 던져 버린 것 같았다.

이 꿈에서 시작되어, 싯다르타는 깊은 슬픔에 휩싸였다. 그가 살아온 길이 무가치하고 무의미해 보였다. 살아 있는 것은 아무것도, 어떤 식으로든 간직할 만한 좋은 것은 아무것도 그에게 남아 있지 않았다. 그는 마치 난파된 배의 조난자처럼 텅 빈 채 홀로 서 있었다.

우울한 마음으로 싯다르타는 자신이 소유한 정원으로 들어가 문을 잠그고 망고나무 아래에 앉았다. 그는 마음에 죽음과 공포를 느꼈고, 자기 안에서 어떻게 그 모든 것들이 죽었고 시들었고 끝을 보았는지를 느꼈다. 점차 그는 생각을 모았고, 다시 한번 그의 인생 전부를, 자신이 기억할 수 있는 첫날부터 더듬어 보았다. 그가 진정한 행복을 경험했던 때가 언제였을까? 오, 그렇다. 그는 그런 경험을 여러 번 했다. 소년 시절에 그는 바라문들에게 칭찬받았을 때, 제물을 바칠 때 조수로서 도우면서 성스러운 경전 구문을 낭송하고 학식 있는 사람들과 논쟁하며 두각을 나타낼 때면 그런 행복을 맛보았다. 그럴 때면 마음속에서 어떤 소리가 들려오는 것을 느꼈다. "네 앞에는 하나의 길이 있고, 그것은 네 운명의 길이며 신들이 너를 기다리고 있다." 그리고 젊은이로서 그의 사고의 목표는 높아만 갔고, 같은 목표를 추구하는 수많은 무리 중 단연코 뛰어났다. 바라문의 목적을 이해하기 위해 고통 속에 씨름하고, 지식을 획득할 때마다 또 새로운 지식에 대한 갈증으로 괴로울 때 그는 언제나 같은 것을 느꼈다. "계속하라! 계속하라! 너는 소명을 받았다." 그는 고향을 떠날 때에도 이 음성을 들었고, 사문의 삶을 선택했을 때에도, 그리고 다시 한번 사문들을 떠나며 부처에게 갔을 때에도, 그리고 부처를 떠나 불확실함의 세계로 들어

갔을 때에도 이 음성을 들었다. 하지만 이후 얼마나 오랫동안 이 목소리를 듣지 못했던가, 얼마나 오랫동안 높은 곳으로 더 이상 오르지 못하고 평탄하고 무딘 삶의 길을 걸었던가, 얼마나 오랜 세월 동안 높은 목표도 갈증도 발전도 없이 하찮은 쾌락에 안주하며 결코 만족 없는 삶을 살았던가. 이 오랜 세월 동안 자신도 모르게 그는 그 많은 사람, 어린아이 같은 속인들처럼 되고 싶어 했다. 하지만 그의 삶은 그들 것보다 훨씬 더 비참하고 가난했다. 그들의 목표는 결코 그의 목표가 아니었고, 그들의 걱정도 그의 걱정은 아니었기 때문이다. 결국, 카마스바미 같은 사람들의 세계는 그에게는 단지 하나의 놀이, 구경거리, 희극에 불과했다. 오직 카말라만이 소중했고, 가치 있었다. 하지만 여전히 그럴까? 그는 여전히 그녀를 필요로 하는 걸까? 그녀도 그를 필요로 하는 걸까? 그들은 그저 끝이 없는 놀이를 하고 있는 것은 아닐까? 이것을 위해 살 필요가 있을까? 아니, 필요하지 않다! 이 놀이의 이름은 '윤회'이다. 어린아이 같은 사람들을 위한 이 놀이는 한 번, 두 번, 열 번 정도는 즐거울 것이다. 하지만 영원히 그럴까?

그때 싯다르타는 그 놀이는 이제 끝났고, 더 이상 할 수 없다는 것을 깨달았다. 온몸에 전율이 흐르고, 몸속에서 무언가 죽었다고 느꼈다.

그날 온종일 그는 망고나무 아래 앉아 아버지를 생각하고, 고빈다를 생각하고, 고타마를 생각했다. 카마스바미 같은 사람이 되기 위해 그들을 떠나왔던가? 그는 밤이 되어도 여전히 그곳에 앉아 있었다. 고개를 들어 별을 바라보면서 그는 생각했다. '여기 내가 내 망고나무 아래, 내 정원에 앉아 있구나.' 그는 미소를 지었다. 망고나무를 소유하고 정원을 소유한다는 것이 정말 필요한 일이었나, 옳은 일이었나, 어리석은 놀이는 아니었나? 그는 이것들과 끝을 냈고, 이것 역시 그 안에서 죽었다. 그는 일어나서 그의 망고나무에, 그의 정원에 작별 인사를 했다. 그는 이날 아무것도 먹지 않았기에 강한 허기를 느꼈고, 도시에 있는 그의 집, 그의 방과 침대, 음식이 차려진 식탁을 생각했다. 그는 피곤한 미소를 지으며 몸을 털고 일어났으며, 이 모든 것에 작별을 고했다.

같은 날 밤, 싯다르타는 그의 정원을 떠났고, 그 도시를 떠났고, 다시는 돌아오지 않았다. 그가 도둑들의 손에 넘어갔을지 모른다고 생각하여 오랫동안 카마스바미는 사람들을 시켜 그를 찾았다. 카말라는 그를 찾으려 하지 않았다. 싯다르타가 사라졌다는 소식을 들었을 때에도 그녀는 놀라지 않았다. 그녀는 항상 예상하지 않았던가? 그는 언제나 사문이었고, 집 없는 순례자가 아니었던가? 그리고 무엇보다도, 그녀는 싯다르타와 마지막으로 함께 있을 때 이것을 느꼈다. 모든 상실의 고통에도 굴하지 않고, 마지막으로 그를 애틋하게 가슴에 끌어안았을 때, 다시 한번 서로를 완전히 소유하고 서로 한 몸이 되었음을 느낄 수 있었기에 카말라는 행복했다.

싯다르타가 사라졌다는 소식을 처음 들었을 때, 그녀는 창문으로 가서 노래하는 희귀한 새의 새장 문을 열고 새를 꺼내서 날려 보냈다. 그녀는 한참 동안 날아가는 새를 바라보았다. 이날부터 그녀는 더 이상 방문객을 받지 않았고, 집 문을 잠그고 지냈다. 하지만 얼마 후, 그녀는 자신이 싯다르타를 마지막으로 만났을 때 임신이 되었다는 사실을 알게 되었다.

강가에서

싯다르타는 숲속을 걸었고, 이미 도시에서 멀리 떨어져 있었다. 그는 오직 한 가지만 생각했다. 지금까지 수년 동안 살아온 이 삶이 끝났고, 다시 돌아가지 않을 것이며, 그 삶에서 모든 것을 맛보고, 그것이 역겨워질 때까지 모든 것을 완전히 경험했다. 그가 꿈꾸던 노래하는 새는 죽었다. 그의 마음속에서 그 새는 죽었다. 윤회의 운명에 깊이 얽혀, 그는 해면이 제 몸이 가득 찰 때까지 물을 빨아들이듯 사방에서 역겨움과 죽음을 몸속으로 빨아들였다. 그리고 그것들로 가득 찬 그에게, 지겨움, 비참함, 그리고 죽음으로 가득 찬 그에게 더 이상 그를 끌어당길 수 있는 것, 기쁨을 주거나 위안을 줄 수 있는 것은 이 세상에 없었다.

싯다르타는 더 이상 자신에 관해 아무것도 알고 싶지 않다는 생각이 강렬하게 들었다. 다만 쉬고 싶고, 죽고 싶었다. 번개가 한 번만 쳐서 죽는다면 좋겠다, 그를 삼킬 호랑이가 한 마리만 있으면 좋겠다, 감각을 마비시키고 모든 것을 잊고 잠에 빠지게 하는, 그리하여 다시는 깨지 않는 술, 독약이 있었다면 좋겠다. 더 이상 그를 더 럽힐 것은 하나도 남지 않았다. 그가 저지르지 않은 죄나 어리석은 행동은 더 이상 없다. 이 이상으로 스스로 자신의 영혼을 황폐하게 만들 수는 없을 거라고 그는 생각했다. 그런데도 살아갈 수 있을까? 숨을 쉬고 또 쉬기를 반복하며, 배고픔을 느끼고, 다시 먹고 자고, 다시 또 여자와 동침하는 게 가능할까? 이 윤회의 고리가 그에게서 아직도 끝나지 않은 것일까?

싯다르타는 숲속의 큰 강에 이르렀다. 오래전, 그가 아직 젊은 청년이었을 때, 고타마의 마을로부터 어느 나룻배 사공이 그를 건네 주었던 바로 그 강이었다. 이 강가에서 그는 걸음을 멈추고 주저하며 강둑에 섰다. 피곤과 허기가 그를 약하게 했고, 그는 무엇을 위해, 또 어디로, 어떤 목표를 향해 계속 걸어야 할지 몰랐다. 아니, 더 이상 목표도 없었고, 아무것도 남지 않았다. 이 황량한 꿈을 전부 떨쳐 버리고, 이 썩은 포도주를 게우고, 이 비참하고 부끄러운 삶을 끝내고 싶다는 갈망뿐이었다.

강둑에 구부러진 야자나무 한 그루가 드리워져 있었다. 싯다르타는 나무의 몸통에 어깨를 기대고, 한 팔로 나무 몸통을 껴안은 채 그 아래로 흐르는 푸른 물을 내려다보았다. 그의 밑에서 그 물은 하염없이 흘렀고, 다 놓아 버리고 이 물에 빠져 죽기를 원하는 자기 모습을 보았다. 그의 영혼의 끔찍한 공허함이 물에 반사된 듯 그는 끔찍한 공허함을 보았다. 그렇다. 그는 끝에 도달했다. 그에게 남은 것은 아무것도 없었다. 자신을 절멸시키고, 실패한 삶을 부숴 버리고, 그것을 조롱하는 신들의 발 앞에 내던져 버리는 것 외에는 없었다.

이것, 죽음이 그가 갈망하던 구토였다. 그가 증오하는 자신의 몸뚱어리가 산산조각 나는 것! 그를 물고기들의 먹이가 되게 하소서. 이 개나 다름없는 싯다르타, 이 미치광이, 이 타락하고 썩은 육신, 이 나약하고 학대받는 영혼, 그를 물고기와 악어의 먹이가 되게 하소서. 악귀가 갈기갈기 찢게 하소서!

그는 일그러진 얼굴로 물을 응시했고, 물에 비친 자기 얼굴을 보고, 그것에 침을 뱉었다. 깊은 피곤 속에서 그는 팔을 나무의 몸통에서 떼어 내고 몸을 약간 돌렸다. 아래로 곧바로 떨어지기 위해, 마침내 익사하기 위해, 눈을 감은 채 그는 죽음을 향해 미끄러졌다.

그때 그의 영혼 먼 곳에서, 지금의 진절머리 나는 삶의 과거 시간에서 한 소리가 들려왔다. 그것은 한 단어, 한 음절이었다. 아무 생각 없이, 불분명하게 혼잣말을 했다.

바라문들의 모든 기도의 시작과 끝인, 거룩한 '옴'이었다. 옴은 대체로 '완벽한 것' 또는 '완성'을 의미했다. 그리고 '옴'의 소리가 싯다르타의 귀에 닿는 순간, 잠자고 있던 그의 영혼이 갑자기 깨어나 자신의 지금 행동이 어리석음을 깨달았다.

싯다르타는 깊이 충격을 받았다. 그의 운명이 설명되는 것 같았다. 그래서 그가 길을 잃고, 모든 지식을 버리고 죽고 싶었던 이 소원, 이 어린아이 같은 소원이 그의 안에서 자랄 수 있었다. 그의 몸을 소멸시키는 것! 그래서 이 최근의 모든 고통, 모든 냉철한 깨달음, 그리고 모든 절망이 그에게 알려 주지 못했던 것, 그것이 지금 이 순간, 옴이 그의 의식에 들어왔을 때 싯다르타는 알게 되었다. 비참함과 잘못 속에서 그는 자신에 관한 깨달음을 얻었다.

옴! 그는 혼잣말을 했다. 옴! 그리고 다시 그는 바라문을 의식했다. 생명의 불멸성을 의식했고, 잊었던 모든 신성한 것들을 다시 의식했다.

하지만 이것은 찰나에 불과했다. 야자나무 밑에서, 싯다르타는 피곤함에 지쳐 쓰러져 옴을 중얼거리며 나무뿌리에 머리를 기대고 깊은 잠에 빠졌다.

꿈도 꾸지 않는 깊은 잠, 싯다르타는 그런 잠을 자 본 적이 없었다. 몇 시간 후 깨어났을 때 그는 마치 10년의 세월이 지난 것처럼 느껴졌고, 조용히 흐르는 물소리를 들었다. 그가 어디에 있고, 누가 그를 여기로 데려왔는지 몰랐다. 눈을 뜨고는 놀랍게도 나무와 하늘이 있음을 보았다. 그리고 그는 지금 자신이 어디에 있으며, 어떻게 여기에 왔는지를 기억해 냈다. 하지만 이를 위해 오랜 시간이 걸렸는데, 과거는 마치 그에게 얇은 망사로 덮여 있고, 무한히 오래되고, 무한히 멀리 떨어져 있고, 무한히 의미 없어 보였다. 그는 예전의 자기 삶이(처음에 생각했을 때 이 과거의 삶은 그에게 아주 오래된 것처럼 보였다. 현재의 자아가 태어나기도 전인 전생과도 같이), 혐오와 비참함으로 가득 찼던 삶이 자신에 의해 버려졌다는 것, 그리고 심지어 자기 목숨까지 버리려고 했지만, 강가 야자나무 아래에서 그는 제정신이 들었으며, 거룩한 말씀인 옴이 그의 입술에 떠올랐고, 잠들었다가 이제 깨어나 새 사람으로 세상을 바라보고 있음을 느꼈다. 그는 잠들 때 내뱉던 그 옴을 혼잣말로 해 보았다. 그렇게 하자, 마치 그의 긴 잠이 그에게는 옴을 암송하는 긴 명상처럼 느껴졌다. 옴을 생각하고, 옴 안으로 빠져들고, 그렇게 이름 없는 완전함 속으로 들어간 것처럼 느껴졌다.

얼마나 멋진 잠이었는가! 전에는 잠을 자도 이렇게 상쾌하고, 이렇게 새로워지고, 이렇게 생기가 넘친 적이 없었다. 어쩌면 그는 정말로 익사해서 새로운 몸으로 다시 태어난 것일까? 하지만 아니었다. 그는 자신을 알았다. 자기의 손과 발을 알았고, 지금 자기가 누워 있는 곳을 알았으며, 그의 가슴 안에 있는 자기의 자아, 이 싯다르타, 이 기이하고 이상한 사람을 여전히 알 수 있었다. 그럼에도 이 싯다르타는 변화하고 새롭게 태어났다. 이상하게도 잘 쉬고, 이상하게도 이제는 깨어 있으며, 즐거웠다. 호기심으로 가득 찼다.

싯다르타는 일어나 맞은편에 앉아 있는 사람을 보았다. 알 수 없는 사람, 머리를 깎은 노란 승복을 입은 승려가 사색하는 자세로 앉아 있었다. 그는 그 남자를 관찰했다. 머리카락도 수염도 없는 그 사람을 그는 오래 관찰하지 않고도 금방 알아보았다. 고빈다였다. 자신의 젊은 시절 친구이며, 고귀한 부처에 귀의한 고빈다였다. 고빈다도 나이를 먹었지만, 여전히 그의 얼굴은 똑같은 특징을 가지고 있었다. 열렬함, 신실함, 탐구심과 소심함이 깃든 얼굴이었다. 하지만 고빈다가 이제 그의 시선을 감지하고는 눈을 떠서 그를 바라보았을 때, 싯다르타는 고빈다가 자신을 알아보지 못함을 느꼈다. 고빈다는 그가 깨어난 것을 발견하고 기뻐했다. 분명 고빈다는 오랫동안 여기 앉아 있었고, 그가 깨어나기를 기다리고 있었던 것 같았다. 비록 그 사람이 누구인지는 몰랐지만 말이다.

"저는 자고 있었습니다." 싯다르타가 말했다. "그런데 어떻게 여기까지 왔습니까?"

"당신은 자고 있었습니다." 고빈다가 대답했다. "뱀이 자주 나타나고, 숲의 짐승들이 지나다니는 길에서 자는 것은 좋지 않지요. 저는 고타마 부처, 석가모니의 추종자로 일행과 함께 순례 중이었는데, 당신이 위험한 곳에 누워 자고 있는 것을 보았습니다. 그래서 저는 당신을 깨우려고 했습니다. 오, 하지만 당신이 매우 깊은 잠을 자는 듯하여 저는 우리 일행을 먼저 보내고 남아서 당신 옆에 앉아 있었습니다. 그렇게 잠자는 당신을 지키고 싶었던 저는, 저도 모르게 또한 잠들었던 것 같습니다. 제대로 자는 걸 옆에서 지키지는 못했으나, 너무 피곤해서 어쩔 수가 없었답니다. 이제 깨어나셨으니 저는 제 일행을 쫓아가겠습니다."

"제가 자는 동안 지켜주셔서 감사합니다, 사문이시여." 싯다르타가 말했다.

"당신들은 고귀한 분을 따르는 자들이니 참 친절하십니다. 이제 가셔도 됩니다."

"네, 가겠습니다. 항상 건강하시길 바라겠습니다."

"고맙습니다, 사문님."

고빈다는 인사하는 몸짓을 하며 말했다. "안녕히 가세요."

"잘 가세요, 고빈다." 싯다르타가 말했다.

그 승려는 가려다 걸음을 멈추었다.

"선생, 제 이름을 어디서 들으셨는지 여쭙겠습니다."

싯다르타는 미소를 지었다.

"나는 당신을 알지요. 오 고빈다, 당신 아버지의 오두막 시절부터, 바라문 학교, 제물을 바치는 의식, 그리고 사문이 되기 위해 함께 걸어간 길, 그리고 당신이 고귀한 부처에게 귀의한 기원정사

그때를 지나 지금까지 나는 당신을 죽 알고 있답니다."

"오, 자네 싯다르타로군." 고빈다가 큰 소리로 외쳤다. "이제야 자넬 알아보겠어. 내가 어떻게 자네를 바로 알아보지 못했을까. 싯다르타, 너무 반갑네."

"나도 자네를 다시 만나니 너무 기쁘네. 게다가 내가 요청한 것도 아닌데, 내가 자는 동안 지켜 주다니 다시 한번 고맙네, 친구여. 그런데 어디로 가고 있는 건가?"

"나는 아무 데도 가지 않아. 우리 사문들은 항상 여행하잖나. 우기만 아니면 우리는 항상 한 곳에서 다른 곳으로 이동하고, 가르침의 규칙에 따라 자선을 받으면서 계속 그렇게 가는 거지. 항상 이런 식이잖아. 그나저나 싯다르타, 자네는 어디로 갈 건가?"

싯다르타가 말했다. "친구여, 나도 마찬가지라네. 나도 아무 데도 가지 않아. 나는 단지 여행 중이라네, 순례 중이지."

고빈다가 말했다. "순례 중이라고? 하지만 싯다르타, 자네는 순례자처럼 보이질 않네. 자네는 부잣집 사람 같은 옷을 입고, 품위 있는 신사가 신는 신발을 신고 있지 않은가. 머리카락에선 향수 냄새를 풍기고 말이지. 이건 순례자의 머리카락이 아니잖나, 사문의 머리카락이 아니라구."

"그래, 잘 관찰했네. 역시 자네의 예리한 눈은 모든 것을 보는군. 하지만 내가 사문이라고 말한 건 아니잖나. 그저 순례 중이라고 했지. 그래, 나는 지금 순례 중이라네."

"자네가 순례 중이라고?" 고빈다가 말했다. "하지만 그런 옷을 입고, 그런 신발을 신고, 그런 머리를 하고 순례를 떠나는 사람은 없다네. 나는 수년 동안 순례자로 지내면서 그런 순례자를 만나

본 적이 없어."

"그렇겠지, 사랑하는 고빈다. 하지만 오늘, 자네는 이와 같은 순례자를 만났네. 바로 이런 신발과 옷을 입은 순례자를 만난 거지. 친애하는 고빈다, 명심하게. 겉으로 보이는 세상은 영원하지 않고, 그 무엇도 영원하지 않아. 옷이나 머리카락, 우리의 육신은 무상한 거라네. 나는 부자의 옷을 입고 있고, 자네는 이것을 보았지. 맞아, 나는 부자였기 때문에 부자의 옷을 입고 있어. 세속적이고 욕망으로 가득 찬 사람들처럼 머리카락에서 향기도 풍기지. 내가 그런 사람들 중 하나였기 때문이라네."

"싯다르타, 자네는 지금 도대체 어떤 사람인 건가?"

"나도 모르겠네, 나도 자네처럼 모르겠어. 나는 그냥 여행 중이라네. 나는 한때 부자였고, 이제는 더 이상 부자가 아니며, 내일은 또 어떻게 될지 모르겠다네."

"재산을 다 잃었나?"

"그래, 나는 재산을 잃었다네. 아니 어쩌면 재산이 나를 저버린 걸 수도 있지. 어떻게든 나한테서 빠져나갔네. 겉으로 보이는 형상은 빠르게 변하지. 고빈다, 바라문인 싯다르타는 어디 있을까? 사문이던 싯다르타는 어디 있지? 부자인 싯다르타는? 영원하지 않아, 다 무상하지, 고빈다. 자네는 알잖나?"

고빈다는 어린 시절의 친구를 의심의 눈으로 한참 동안 바라보았다. 그 후, 그는 싯다르타에게 신사들에게 쓰는 인사말을 건네고 가던 길을 떠났다.

싯다르타는 웃는 얼굴로 그가 떠나는 것을 지켜보았다. 그는 여전히 고빈다를 사랑했다. 이 신실한 사람을, 이 두려움 많은 사람을. 그리고 지금 이 순간, 옴으로 가득한 멋진 잠을 자고 난 후의 영광스러운 시간에 어찌 모든 이와 모든 것을 사랑하지 않을 수 있을까. 그의 잠 속에서 옴에 의해 벌어진 그 마법은 바로 모든 것을 사랑하고, 그가 본 모든 것이 기쁜 사랑으로 가득 차 있다는 사실을 깨닫는 것이었다. 그래서 전에는 그 누구도, 그 무엇도 사랑할 수 없었던 그의 병이 이제 나은 것이었다.

싯다르타는 웃는 얼굴로 떠나는 승려를 바라보았다. 잠은 그를 상당히 강하게 변화시켰지만 배고픔은 그에게 더 큰 고통을 주었다. 이틀 동안 아무것도 먹지 않았고, 배고픔을 견딜 수 있었던 것도 예전 이야기였다. 슬펐지만 미소를 지으며 그는 그때를 생각했다. 그 당시 그는 카말라에게 세 가지를 자랑했었다. 세 가지 고귀하고도 부술 수 없는 재주였다. 금식하는 것, 기다리는 것, 생각하는 것, 이 세 가지가 그가 가진 전부로, 부지런히 움직이던 고생스러운 젊은 시절 그가 배운 유일한 능력이며 힘이었고, 그를 지탱해 주는 견고한 지팡이였다. 그런데 이제 그것들은 그를 버렸고, 그 어느 것도 이제 그의 소유가 아니었다. 금식도, 기다림도, 생각하는 것도. 비참하고 오래가지 않는 소유물인 감각적 욕망과 부자의 삶을 얻기 위해, 그는 그 세 가지 소유물을 잊은 것이다. 그의 삶은 참으로 이상했다. 그리고 이제 그는 정말 어린아이 같은 사람이 된 것 같았다.

싯다르타는 자신의 상황에 대해 생각했다. 생각하는 것은 그에게 힘들었고, 정말 그렇게 하고 싶지 않았지만 억지로라도 해 보려 했다.

이제 그는 생각했다. '이 모든 가장 쉽게 사라지는 것들이 다시 내게서 빠져나갔고, 이제 나는 다시 여기 햇볕 아래에 어린아이가 서 있듯이 그렇게 서 있다. 아무것도 내 것이 아니고, 아무 능력도 없고, 내가 가져올 수 있는 것도 아무것도 없으며, 배운 것도 없다. 이 얼마나 놀라운 일인가! 이제 나는 더 이상 젊지 않고, 내 머리카락은 이미 반쯤 백발이 되었으며, 힘이 약해지고 있는데, 이제 나는 아이처럼 다시 시작하고 있다!' 그는 다시 웃을 수밖에 없었다. 그렇다. 그의 운명은 참으로 기이했다. 내리막길을 걷던 그가 이제는 다시 아무것도 없이, 벌거벗은 채로, 바보처럼 세상과 마주하고 있었다. 하지만 그는 그것이 슬프지 않았다. 아니, 그는 심지어 자기 자신에 대해, 그리고 이 기이하고 어리석은 세상에 대해 웃고 싶은 충동마저 느꼈다.

'나는 내리막길을 가고 있었지!' 그는 혼잣말하며 웃었다. 그렇게 말하던 중 우연히 강을 바라보았고, 강물이 계속 아래로 흘러가는 것을 보았다. 하지만 그렇게 항상 흘러가면서도 노래를 부르는 듯 행복한 모습이었다. 그는 이것이 좋았고, 강을 바라보며 다정하게 미소 지었다. 이 강은 그가 과거에, 백 년도 전에 익사하려고 했던 강이 아니었던가? 아니면 그런 꿈을 꾸었던 것일까?

'참으로 내 삶은 경이롭다.' 싯다르타는 생각했다. '어렸을 때는 신과 제물 바치는 일에만 둘러싸여 자랐다. 청소년 시절에는 바라문이 추구하는 고행과 사색, 명상 속에서, 그리고 아트만에 존재하는 영원을 숭배하며 살았다. 하지만 청년이 되어 나는, 참회자들을 따라 숲에서 살면서 더위와 서리로 고통받았고, 굶주리는 법을 배웠고, 몸을 죽이는 법을 배웠다. 놀랍게도 얼마 지나지 않아 통찰이 부처의 가르침 형태로 나에게 다가왔다. 내 피처럼 내 안에서 돌고 있는 유일함이라는 세계를 알았다. 하지만 부처도 떠나야 했고, 그 위대한 앎도 떠나야 했다. 나는 카말라에게 가서 사랑의 기술을 배웠다. 카마스바미에게 장사와 사업을 배웠고, 돈을 쌓고, 돈을 낭비하고, 배를 채우고, 감각을 만족시키는 법을 배웠다. 수년 동안 나는 다시 생각하는 법을 잊고, 내 안의 유일함을 잊기 위해 제대로 된 정신을 놓고 살아야 했다. 마치 내가 남자에서 아이로, 생각하는 사람에서 어린아이 같은 사람이 되기 위해 긴 우회로를 천천히 돌아온 것 같지 않은가? 그럼에도 이 길은 매우 좋았다. 그리고 내 가슴속의 새는 죽지 않았다. 하지만 또 한편, 이 길은 얼마나 험난한 길이었던가! 너무 많은 어리석음을 통과해야 했다. 수많은 악덕과 수많은 실수, 수많은 혐오, 그리고 실망과 비애를 겪고 나서야 다시 어린아이가 되었고 다시 시작할 수 있었다. 하지만 그것이 옳았기에 나는 내 삶에 '예.'라고 긍정하며 눈은 미소를 짓는다. 신의 은총을 경험하고, 옴을 다시 듣고, 적절히 잠들어 적절히 다시 깨어날 수 있기 위해 나는 절망을 경험해야 했고, 모든 생각 중 가장 어리석은 생각인 자살에 관해 생각해야만 했다. 나는 내 안의 아트만을 찾기 위해 바보가 되어야만 했다. 다시 살기 위해 죄를 지어야만 했다. 내 길이 나를 다른 어디로 이끌 수 있을까? 이 길은 어리석고 쳇바퀴 돌 듯 순환한다. 하지만 그러라고 놓아두자. 길이 뭐가 되었든 나는 그것을 따라가겠다.'

놀랍게도 그는 가슴에 기쁨이 파도처럼 밀려오는 것을 느꼈다.

그는 마음속으로 이 행복이 어디서 왔냐고 물었다. '그 길고 좋았던 잠에서 온 것일까? 아니면 내가 내뱉은 '옴'이라는 것에서 비롯된 것일까? 아니면 내가 탈출했고, 완전히 도망쳤고, 마침내 다시 자유로워져서 하늘 아래에 어린아이처럼 서 있다는 사실에서 온 것인가? 오, 도망쳐서 자유로워졌다는 것이 얼마나 좋은 일인가. 여기의 공기가 얼마나 깨끗하고 아름다운지, 얼마나 숨쉬기 좋은지! 내가 도망친 곳에서는 모든 것이 머리에 바르는 기름 냄새, 향신료와 포도주, 과잉과 나태의 향을 풍겼다. 부자들의 세상, 고급 음식을 즐기는 사람들과 도박꾼들의 세계를 내가 얼마나 싫어했던가! 그 끔찍한 세상에 너무 오래 머물러 있던 나 자신을 나는 얼마나 싫어했는가! 나 자신을 박탈하고, 독살하고, 고문하고, 나 자신을 늙은 사악함으로 만들었다! 절대, 절대 다시는 예전처럼 나 자신이 현명하다고 기만하지 않을 것이다. 하지만 한 가지 내가 잘한 것은, 내가 좋아하는, 칭찬하는 이것은 이제 끝났다는 것, 나 자신에 대한 증오, 그 어리석고 지루한 삶에 종지부를 찍었다는 것. 오, 나는 너를 칭찬한다, 싯다르타. 오랜 세월 이어진 어리석음 끝에 너는 다시 생각을 가지고 무언가를 하고, 가슴속의 새가 노래하는 것을 듣고, 그리고 그것을 따랐구나!'

따라서 그는 자신을 칭찬하고, 자신 안에서 기쁨을 발견하고, 허기로 우르렁거리는 배에 호기심을 갖고 귀를 기울였다. 그는 이 최근 며칠 동안 한 조각의 고통과 비참함을 완전히 맛보고 뱉어 냈다고 느꼈다. 그것들을 절망과 죽음의 지점까지 걸신들린 듯 먹고 뱉어 냈다. 결과적으로 그것은 좋았다. 이런 일이 일어나지 않았다면 훨씬 더 오래 그는 카마스바미와 머물면서 함께 돈을 벌고, 돈을 낭비하고, 배를 채우고, 그리고 영혼이 목말라 죽도록 내버려둘 수도 있었다. 훨씬 더 오래, 그는 이 부드럽고 잘 꾸며진 지옥에서 살았을지 모른다. 완전한 절망의 순간, 그 가장 극단의 순간, 그가 흐르는 물 위에 매달려 자신을 파괴할 준비가 되었던 순간이 없었다면 말이다. 절망과 깊은 혐오를 느꼈지만 그는 굴복하지 않았고, 그의 안에 있는 새, 그 기쁨의 원천이자 목소리가 여전히 살아 있다는 것을 느끼는 것이 바로 이 기쁨의 이유였다. 그래서 그는 기쁨을 느꼈고, 그래서 웃었고, 그래서 그의 얼굴이 희끗희끗해진 머리카락 아래에서 환하게 웃고 있었다.

그는 생각했다. '알 필요가 있는 것이라면, 모든 것을 직접 맛보는 것은 좋은 일이다. 속세의 욕망과 부자의 삶은 좋은 것이 아니라고 나는 어렸을 때 이미 배웠다. 그렇게 오래전부터 알고 있었건만 나는 이제야 경험했다. 그리고 지금 나는 안다. 기억으로 아는 것이 아니라, 내 눈을 통해, 마음을 통해, 내 배를 통해 안다. 이제라도 알게 되어 좋은 일이다!'

그는 오랫동안 자신이 변해 온 과정을 곰곰이 생각하며 기쁨을 노래했던 새의 목소리에 귀를 기울였다. 이 새가 그의 안에서 죽지 않았다면 그는 죽음을 느끼지 못했을까? 아니, 그의 내면에서는 다른 무언가가 죽었다. 오랫동안 죽기를 갈망했던 무언가가 죽었다. 이것이 그가 참회자로서의 시절에 죽이려고 했던 것이 아니었을까? 이것이 그의 자아가 아니었던가. 그의 작고 겁먹은 자부심 많던 자아, 그가 오랫동안 씨름했던, 몇 번이고 물리쳤지만 다시 돌아와 기쁨을 금지하고 두렵게 만들었던 자아가 아니었던가? 오늘 마침내 이 숲속 아름다운 강가에서 죽음을 맞이한 것이 그 자아가 아니었던가? 이 자아의 죽음 때문에 그가 이제 어린아이처럼 두려움 없이 믿을 수 있고 기뻐할 수 있는 것 아닐까?

이제 싯다르타는 바라문이며 참회자일 때 자신이 왜 이 자아와 헛되이 싸웠는지에 관해서도 어느 정도 이해하게 되었다. 너무 많은 지식이 그를 붙잡고 있었다. 너무 많은 거룩한 구절, 너무 많은 희생적인 규칙, 너무 많은 자아 처벌이 그를 붙잡았고, 자아와 싸우기 위해 너무 많은 일을 하고 노력했다! 오만함으로 가득했고, 가장 똑똑했으며, 항상 가장 많이 일하고, 항상 남들보다 한발 앞서 있었던 지적이고 영적인 현명한 사람이었다. 그 사람 안으로, 그 오만함 속으로 그의 자아가 파고들어 굳건히 자리 잡고 자랐으며, 그는 금식과 고행으로 그것을 죽이려고 했다. 이제야 그는 이해했고, 그 비밀의 목소리가 옳았다는 것을 알았으며, 그 어떤 스승도 구원을 가져올 수 없다는 것을 깨달았다. 그래서 그는 세상으로 나가서 그의 안에 있던 바라문과 사문이 죽을 때까지 욕망과 권력, 여자와 돈에 자신을 잃고, 상인, 주사위 도박꾼, 술꾼, 탐욕스러운 사람이 되어야 했다. 그래서 그는 이 추악한 세월을 계속 견뎌야 했다. 무의미하고 음울하며 낭비되는 삶을, 욕망과 욕심으로 가득 찬 싯다르타가 죽어 없어질 때까지 직접 살고 견뎌야 한다는 가르침을 얻었다. 그는 죽었고, 새로운 싯다르타가 잠에서 깨어났다. 새로운 싯다르타도 늙고 결국에는 죽을 것이다. 모든 육체적인 것들은 다 죽을 수밖에 없는 운명이다. 하지만 오늘 그는 젊고, 어린아이와 같다. 새로운 싯다르타이며, 기쁨으로 가득 차 있는 것이다.

그는 이런 생각을 하며, 웃으며 자신의 배에 귀를 기울였고, 윙윙거리는 벌 소리에 감사하며 귀를 기울였다. 유쾌하게 그는 흐르는 강물을 유심히 보았다. 이처럼 강물이 좋았던 적은 없는 것 같았다. 전에는 결코 흐르는 물의 목소리와 강하고 아름다운 비유를 인식하지 못했다. 마치 강물이 그에게 뭔가 특별한 것, 그가 아직 알지 못하는, 그를 여전히 기다리고 있는 특별한 무언가를 말하는 것 같았다. 이 강에서 싯다르타는 익사하려고 했다. 늙고 지치고 절망에 빠진 싯다르타는 오늘 그 강에 빠져 죽었다. 하지만 새로운 싯다르타는 이 흐르는 물에 대한 깊은 사랑을 느꼈고, 이 강을 금방 떠나지는 않기로 결심했다.

뱃사공

이 강가에서 머물고 싶다고 싯다르타는 생각했다. 오래전에 사문들을 떠나 어린아이 같은 속인들의 세계로 나아갈 때 이 강을 건넜고, 친절한 나룻배 사공이 그를 건너게 해 주었다. 싯다르타는 그에게 가야겠다고 생각했다. 그 오두막은 당시 그를 새로운 삶으로 이끌던 곳이다. 물론 지금은 죽어 버린 삶이지만, 이제 새로운 삶을 얻었으니 현재의 삶, 현재의 길도 그 오두막에서 다시시작될 것이다!

다정하게, 그는 흐르는 물과 투명한 녹색, 비밀이 가득한 수정 같은 물줄기를 들여다보았다. 밝은 진주가 깊고 조용한 물거품에서 표면으로 떠오르는 것을 보았다. 그곳에는 푸른 하늘이 반사되고 있었다. 천 개의 눈, 푸른 눈, 하얀 눈, 수정의 눈, 하늘색 눈으로 강은 그를 바라보았다. 이 물을 그는 얼마나 사랑하는지, 이 물이 얼마나 그에게 기쁨을 주는지, 그리고 그는 이 물에 얼마나 감사하는지 모른다. 그의 마음속에서 새로 깨어난 목소리가 들려왔다. 이 물을 사랑하라! 이 근처에 머물러라! 그것에서 배워라! 오 그렇다. 그는 그것에서 배우고 싶었고, 듣고 싶었다. 이 물과 그 비밀을 이해할 수 있는 사람은 다른 많은 것들도, 그러니까 수많은 비밀, 아니 모든 비밀을 이해할 수 있을 것 같았다. 하지만 강물의 모든 비밀 중에서 오늘 그는 단 하나, 이것만을 보았다. 이것은 그의 영혼을 감동시켰다. 이 물은 흐르고 또 흘러 끊임없이 흐르지만, 그럼에도 항상 그 자리에 있다. 하지만 그 물은 항상 다르고, 매 순간 새롭다. 이것을 파악하고 이해하는 사람은 위대할 것이다! 그는 그것을 이해하고 파악하지 못했다. 하지만 어떤 생각, 아득한 기억, 신성한 목소리를 어렴풋이 느꼈다.

싯다르타는 일어나자 너무 허기가 져서 견딜 수 없게 되었다. 그는 멍한 상태로 강둑 옆길을 따라 위쪽으로 걸어갔다. 물살에 귀를 기울이고, 몸속에서 울부짖는 굶주림에 귀를 기울였다. 그가 나룻배에 도착했을 때, 배는 막 준비가 되어 있었다. 어린 사문을 건너게 해 줬던 그 나룻배 사공이 배에 서 있었고, 싯다르타는 그를 알아보았다. 그도 매우 늙어 있었다.

"저를 태워 주시겠습니까?" 싯다르타가 물었다.

사공은 그렇게 품위 있는 남자가 걸어오는 것을 보고 깜짝 놀라며, 그를 배에 태운 뒤 배를 출발시켰다.

"참 아름다운 삶을 살기로 선택하셨군요." 손님이 말했다.

"매일 이 물가에 살면서 그 위를 유람하는 삶은 정말 아름다울 것 같습니다."

미소를 지으며 뱃사공은 노를 좌우로 움직였다.

"네, 아름답지요. 선생님, 말씀하신 대로입니다. 하지만 모든 삶과 모든 일이 아름답지 않습니까?"

"그럴지도 모르죠. 하지만 저는 당신의 삶이 부럽습니다."

"아, 하지만 금방 싫증이 날 겁니다. 이런 삶은 좋은 옷을 입은 사람들에겐 아무것도 아니죠."

싯다르타는 웃었다. "전에도 저는 오늘처럼 옷 때문에 불신의 시선을 받은 적이 있습니다. 그렇지 않습니까, 나룻배 사공님. 이 옷이 제게는 거추장스러운데, 이걸 받아 주시지 않겠어요? 아시다시피, 저는 뱃삯을 낼 돈이 없답니다."

"농담이시군요, 선생님." 뱃사공이 웃었다.

"농담이 아닙니다. 저를 보세요. 전에 사공님이 저를 배에 태우고 이 강을 건너게 해 준 적이 있습니다. 아무것도 받지 않고, 선행으로 그렇게 해 주셨죠. 그러니 오늘도 그렇게 해 주시고, 그 대가로 제 옷을 받아 주세요."

"그럼, 선생님은 옷 없이 계속 여행하실 생각인가요?"

"아, 무엇보다도 여행을 계속하고 싶지 않아요. 사공님이 제게 낡은 샅바를 주고, 저를 당신의 조수나 수습생으로 삼아 주시면 좋겠습니다. 배 다루는 법을 먼저 배워야 하니까요."

사공은 한참 동안 낯선 사람을 바라보며 생각에 잠겼다.

"이제야 당신을 알아보겠군요." 그가 마침내 말했다. "그때 당신은 내 오두막에서 잠을 잤죠. 아주 오래전, 아마도 이십 년 이상 전이었을 거요. 내가 당신을 배에 태워 강을 건너게 해 주었고, 우리는 좋은 친구처럼 헤어졌지요. 당신은 사문이 아니었나요? 당신 이름이 생각나질 않는군요."

"맞아요. 제 이름은 싯다르타이고, 마지막으로 보셨을 때에는 사문이었습니다."

"오 환영하오, 싯다르타. 내 이름은 바수데바요. 오늘도 내 손님
이 되어 내 오두막에서 자도록 해요. 당신이 어디서 왔는지, 그리
고 이 아름다운 옷이 왜 그렇게 거추장스러운지 들어 봅시다."

그들은 강 한가운데에 이르렀고, 바수데바는 물살을 이겨 내
려 더 힘껏 노를 저었다. 그는 침착하게 일했다. 눈을 배 앞쪽에 고
정하고, 갈색 팔로 노를 저었다. 싯다르타는 앉아서 그를 지켜보면
서, 예전에 사문으로 살았던 마지막 날 이 뱃사공에 대한 애정이
그의 가슴속에 끓어올랐던 것을 떠올렸다. 감사해하며 그는 바수
데바의 초대를 받아들였다. 그들이 강둑에 도착했을 때 싯다르타
는 뱃사공이 배를 둑에 묶는 것을 도와주었고, 뱃사공은 그에게
오두막으로 들어가라고 하며 빵과 물을 주었다. 싯다르타는 그것
을 너무 행복하게 먹었고, 또한 바수데바가 준 망고 과일도 너무
맛있게 먹었다.

그 후 거의 해가 질 무렵, 그들은 강둑 옆 통나무에 앉았고,
싯다르타는 뱃사공에게 자신이 원래 어디에서 왔는지, 그리고 오
늘, 그 절망의 순간 그의 눈앞에 펼쳐진 것에 관해 이야기했다. 늦
은 밤까지 싯다르타의 이야기는 계속되었다.

바수데바는 큰 관심을 가지고 귀를 기울였다. 주의 깊게 들으면
서 그는 싯다르타의 출생과 어린 시절, 그가 배우고 추구했던 모
든 것, 기쁨과 고통에 대해 마음으로 이해했다. 이것은 뱃사공의
미덕 중 하나였다. 소수의 사람만 그러하듯 그는 경청하는 법을
알고 있었다. 싯다르타는 말하는 동안, 그가 한마디도 하지 않은
채 조용히 열린 마음으로 기다리면서도, 한마디도 대충 듣지 않고

조급해하는 일도 없이 그렇게 경청하고 있음을 알았다. 칭찬이나 힐책도 없었다. 그는 그저 듣고 있었다. 싯다르타는 그렇게 잘 들어 주는 사람에게 고백할 수 있어서 좋았다. 자기 삶과 자신이 찾고 있는 것, 또 고통까지도 완전히 듣는 이의 가슴속에 묻을 수 있어서, 자신은 행운아라고 느꼈다.

이야기 끝부분에서 싯다르타가 강가의 나무와 강물에 뛰어들려 했던 일과 거룩한 옴에 관해, 그리고 잠을 자고 일어나 어떻게 그 강을 사랑하게 되었는지를 이야기할 때, 뱃사공은 두 배의 집중력으로 그의 말에 귀 기울였다. 눈을 감은 채 온전히 집중하고 완전히 흡수했다.

그러다 싯다르타가 조용해지고 긴 침묵이 이어지자, 비로소 바수데바가 말을 했다. "내가 생각했던 대로군요. 강이 당신에게 말을 걸었소. 강은 당신에게도 친구예요. 그러니 당신에게 말을 하는 거지요. 좋군요, 참 좋아요. 싯다르타 나의 친구여, 이제 나와 같이 지내구려. 내게도 아내가 있었어요. 아내의 침대가 내 옆에 있었죠. 하지만 오래전에 죽었고, 지금은 혼자 살고 있다오. 집에 공간도 여유 있고 음식도 있으니 함께 살아요."

"감사합니다." 싯다르타가 말했다. "감사히 제안을 받아들이겠습니다. 그리고 또한 바수데바, 제 말을 잘 들어 주셔서 참으로 고맙습니다! 경청할 줄 아는 사람은 드물죠. 당신처럼 잘 듣는 사람을 저는 한 번도 본 적이 없어요. 이 점에 관해서도 바수데바 당신에게 배우고 싶습니다."

바수데바는 말했다. "당신은 그것을 배우게 될 것입니다. 다만 가르치는 건 내가 아닐 거요. 강이 내게 경청하는 법을 가르쳐 주었으니 당신 역시 강에게 배우게 될 테지요. 강은 모든 것을 알고 있어서 무엇이든 강에게서 배울 수 있습니다. 보세요, 당신은 이미 배웠잖아요. 아래를 바라보며 겸손하게 자신을 가라앉히고 그 깊이를 찾는 것이 좋다는 것을 강물로부터 배웠잖소. 부유하고 품위 있는 당신이, 학식 있는 바라문인 당신 같은 사람이 노를 젓는 사공의 제자가 되고 사공이 된다는 것, 이것 또한 강이 가르쳐 준 것 아닙니까. 당신은 강에게서 다른 것도 배우게 될 거요."

싯다르타는 잠시 생각에 잠긴 후 물었다. "바수데바, 또 다른 무엇을 배울 수 있을까요?" 바수데바는 자리에서 일어났다. "늦었소. 오늘은 이만 자러 갑시다. 나는 당신이 어떤 다른 것을 배울지 말할 수 없어요. 오 친구여, 당신 스스로 알게 될 거예요. 아니, 이미 알고 있을 수도 있겠지요. 난 배운 사람도 아니고, 말하고 생각하는 데 특별한 기술도 없어요. 내가 할 수 있는 것은 경청하고 경건하게 행동하는 것뿐이랍니다. 다른 것은 배운 게 없어요. 만약 내가 말하고 가르칠 수 있다면 나는 지혜로운 사람이 될 수도 있겠지만, 이렇게 나는 뱃사공일 뿐이고, 사람들이 강을 건널 수 있게 해 주는 게 내 일이지요. 나는 수많은 사람을, 수천 명을 배에 태워 강을 건넜답니다. 하지만 그들에게 강은 그저 여행하는 데 있어 장애물일 뿐이라오."

"그들은 돈과 사업, 결혼식이나 순례를 위해 여행하는 사람들이었다오. 강이 길을 막고 있었고, 뱃사공의 임무는 장애물을 빨리 건너게 하는 거죠. 하지만 수천 명 중 일부는, 네다섯 명의 사람에게는 강은 더 이상 장애물이 아니었어요. 그들은 강의 목소리를 들었고, 그 목소리에 귀를 기울였고, 그 강이 나에게 신성한 존재가 된 것처럼 그들에게도 신성한 존재가 되었답니다. 자 이제 쉴까요, 싯다르타."

싯다르타는 나룻배 사공과 함께 지내며 배를 모는 법을 배웠다. 그리고 나룻배에서 할 일이 없을 때에는 바수데바와 논에서 일도 하고, 나무 땔감을 모으고, 바나나 나무에서 과일을 따기도 했다. 그는 노를 만드는 법을 배웠고, 배를 수리하는 법을 배웠다. 또 바구니 짜는 법도 배웠고, 여타 모든 것을 배우며 즐거워했다. 하루가 금방 갔고, 또 몇 달이 금방 지나갔다. 그리고 바수데바가 가르칠 수 있는 것 이상으로 그는 강에게서 가르침을 받았다. 그는 끊임없이 강에게서 배웠다. 무엇보다도 그는 강에게서 경청하는 법을 배웠다. 조용한 마음, 기다림과 열린 영혼으로 듣는 법, 과도한 열정이나 원하는 바를 드러내지 않고, 성급한 판단도 내리지 않으며, 자신의 의견을 피력하지 않는 경청, 그런 경청을 배웠다.

다정한 친구처럼 그렇게 그는 바수데바와 살았다. 때때로 그들은 짧은 몇 마디만 교환할 뿐이었는데, 항상 길게 생각하고 하는 말이었다. 바수데바는 말이 많은 사람이 아니었고, 싯다르타가 그를 말하도록 설득하는 데 성공하는 경우는 드물었다.

한번은 싯다르타가 바수데바에게 이렇게 물었다. "당신도 강에게서 그 비밀을 배우셨나요? 시간이란 존재하지 않는다는 걸요."

바수데바의 얼굴에는 환한 미소가 가득했다.

"그렇소, 싯다르타." 그가 말했다. "당신이 말하는 것은 바로 이것이겠죠. 강은 한 번에 모든 곳에 존재한다. 근원과 강 입구에, 폭포, 나룻배, 급류, 바다와 산, 이 모든 곳에 동시에 존재한다. 그러므로 시간이란 오직 현재만이 존재한다. 과거와 미래의 그림자가 아닌 오로지 현재의 시간만이 존재한다. 이것 아니겠소?"

"맞습니다." 싯다르타는 말했다. "그리고 그것을 배웠을 때 저는 제 삶을 보았습니다. 제 삶 또한 강과 같아요. 소년 싯다르타는 중년, 노년의 싯다르타로부터 오직 그림자로만 분리될 뿐 실제로 분리되는 것이 아니라고요. 제 전생은 과거가 아니고, 제가 바라문으로 돌아가는 것도, 제 죽음도 미래가 아닙니다. 아무것도 존재하지 않았고, 존재하지 않을 겁니다. 즉 모든 것은 존재하되 모두 다 현재에 있다는 것입니다."

싯다르타는 황홀경에 빠져 말했고, 이 깨달음은 그를 기쁘게 했다. 오 모든 고통도, 자신을 괴롭히고 자신이 두려워하는 모든 것이 시간의 문제가 아니었는가. 사람이 시간을 극복하면, 시간에 그 존재가 없음을 깨달으면, 세상의 모든 힘든 일들, 모든 적대적인 것들은 사라지고 극복되지 않겠는가! 황홀한 기쁨 속에서 싯다르타는 말했다. 바수데바는 환하게 웃으며 맞다는 듯 조용히 고개를 끄덕였다. 그는 말없이 싯다르타의 어깨를 손으로 토닥거리고는 다시 일터로 돌아갔다.

그리고 다시 한번 장마철에 강물이 막 불어나고 강력한 물소리를 낼 때 싯다르타는 말했다. "정말 그렇지 않습니까? 강에는 정말 많은 목소리가 있습니다. 왕의 목소리도 있고, 전사의 목소리도 있고, 황소나 밤에 우는 새의 목소리도, 그리고 출산하는 여자와 한숨 쉬는 남자의 소리까지도 강은 가지고 있습니다. 그리고 수천 명의 다른 목소리도 더 가지고 있습니다. 그렇지 않나요?"

"그렇소." 바수데바가 고개를 끄덕이며 말했다. "모든 생물의 목소리가 강의 목소리에 담겨 있소." 싯다르타가 계속해서 물었다.

"그렇다면 강이 만 개의 목소리를 한꺼번에 낼 때 그 목소리를 들었다면 그때 강은 그 목소리로 무엇을 말했나요?"

바수데바의 얼굴에는 행복의 미소가 번졌고, 그는 싯다르타에게 허리를 굽혀 귀에 대고 성스러운 옴을 말했다. 그리고 이것은 싯다르타도 들었던 바로 그 소리였다.

시간이 지날수록 싯다르타의 미소는 뱃사공 바수데바의 미소와 점점 더 닮아 갔다. 그 미소는 거의 똑같이 밝아지고, 축복으로 빛나기 시작했다. 수많은 잔주름에서 빛나는 그 미소는 어린아이의 미소 같기도, 또 노인의 미소 같기도 했다. 많은 여행자가 두 사람을 보고는 형제라고 생각했다. 종종 그들은 저녁에 강둑 옆 통나무 위에 함께 앉아 아무 말도 하지 않은 채 함께 강물의 소리를 들었다. 그들에게 강물은 그냥 강물이 아니라 생명의 목소리, 존재하는 것의 목소리, 영원히 형성되는 것의 목소리를 들려주었다. 그리고 때때로 두 사람은 강물 소리를 들으면서 같은 생각을 하기도 하고, 그 전날 나누었던 대화 혹은 그들의 손님인 여행자들 중 한 명에 관해, 그들의 생각을 차지한 얼굴이나 운명에 관해, 그리고 죽음과 그들의 어린 시절에 관해 생각했다. 그리고 강물이 그들에게 좋은 말을 들려주면 둘은 서로를 바라보거나 정확히 같은 생각을 했고, 둘 다 같은 질문에 관한 같은 답을 가지고 있음에 기뻐했다. 이 나룻배와 두 뱃사공에게는 특별한 무언가가 있어, 이것은 다른 사람들에게 전염되었다. 많은 여행자가 그것을 느꼈다. 때때로 여행자들은 뱃사공 중 한 사람의 얼굴을 보고 난 후 자신의 삶에 관한 이야기를 시작했고, 고통에 관해서도 이야기했다. 나쁜 행동을 한 것에 관해 고백하기도 하고, 위로와 조언을 구하기도

했다. 또 누군가는 그들에게 하룻밤 신세를 지며 그들과 함께 지냈고, 강의 소리를 듣도록 허락해 달라고 요청하기도 했다. 때로는 호기심 많은 사람이 찾아오기도 했다. 현자나 마법사, 성스러운 두 사람이 나룻배 옆에서 살고 있다는 소문을 들은 것이다. 하지만 그 호기심 많은 사람은 여러 질문을 했지만, 어떤 답도 얻지 못했고, 그 둘에게서 어떤 마법사도 현자도 찾지 못했다. 그저 벙어리처럼 보이는 친절한 노인 두 명, 혹은 노망난 게 아닌가 싶을 정도로 조금은 이상한 노인 두 명만을 볼 수 있었다. 그 호기심 많은 사람은 웃으면서 세상 사람들이 헛소문을 퍼뜨린다며, 그들이 얼마나 어리석고 속기 쉬운지에 관해 떠들어 댔다.

세월이 흘렀지만 아무도 날짜를 세지 않았다. 그러던 어느 날 고타마 부처를 따르는 승려들이 순례길에 강을 건너기 위해 나룻배를 타러 왔다. 그들은 서둘러 그들의 위대한 스승 고타마 부처에게 가고 있다고 했다. 그 고귀한 분이 심하게 아프다면서, 곧 죽을 것이라고, 그리하여 인간으로서는 마지막이고, 이제 죽어 구원을 얻을 거라는 소문이 퍼졌다는 말을 들려주었다. 얼마 지나지 않아 새로운 승려 무리가 또 순례길에 와서는 그 이야기를 했다. 승려들뿐 아니라 대부분의 여행자와 그곳을 지나는 사람들이 고타마와 그의 임박한 죽음 외에는 다른 아무 얘기도 하지 않았다. 마치 전쟁에 나가거나 왕의 대관식에 참석하기 위해 몰려드는 것처럼, 사람들이 개미 떼처럼 모여들어 마법의 주문에 이끌린 듯 위대한 부처가 그의 죽음을 기다리고 있는 곳, 한 시대의 위대한 완성자가 곧 입적하는 거대한 사건이 일어날 그곳으로 몰려들었다.

싯다르타는 종종 그 죽어 가는 현자, 그 위대한 스승 생각을 했다. 그의 목소리는 수많은 중생을 훈계하여 깨어나게 했고, 싯다르타도 그 목소리를 한 번 들은 적이 있었다. 그리고 그의 거룩한 얼굴을 존경의 마음으로 본 적이 있었다. 싯다르타는 다정한 마음으로 그를 생각했다. 그가 입적하여 완전에 이르는 길을 눈앞에 그려 보았고, 젊은 시절에 그 고귀한 분과 딱 한 번 나눴던 그 대화도 미소를 띠며 기억해 보았다. 자신이 그분께 건넨 말들을 생각해 보니 너무 자만하고 조숙했던 게 아닐까 하는 생각이 들었지만, 그때를 회상하다 보니 그저 미소가 흘러나왔다. 그의 가르침을 받아들일 수는 없었지만, 오랫동안 그는 알고 있었다. 고타마와 자신 사이에는 아무 다를 바가 없었다. 아니, 진정으로 구하고자 하는 사람, 진정으로 찾기를 원하는 사람이 받아들일 수 있는 가르침은 없었다. 하지만 찾는 사람은 어떤 가르침, 어떤 길이라도 받아들일 수 있었다. 그 모든 목표를 인정할 수 있었다. 그러한 사람은 영원 속에 살고, 신성한 것들로 숨 쉬는 다른 모든 수천 명의 사람과 더 이상 다를 바가 전혀 없는 것이었다.

많은 사람이 죽어 가는 부처를 뵈러 순례를 가던 어느 날, 하루는 가장 아름다운 기녀 중 한 명이었던 카말라도 부처에게 가고 있었다. 그녀는 오래전 기녀 생활을 그만두었고, 고타마를 따르는 승려들에게 자신의 유원지를 선물로 바쳤으며, 고타마의 가르침에 귀의하였으므로, 그녀는 순례자들의 친구요 은인이었다. 그녀는 고타마가 곧 죽는다는 소식을 듣고는 그녀의 아들인 소년 싯다르타와 함께 길을 떠났다. 소박한 옷차림으로 걸어서 어린 아들과 함께 강을 따라 여행하고 있었다. 하지만 소년은 곧 지쳐서 집으로 돌아가고 싶어 했다. 쉬고 싶고, 뭐라도 먹고 싶었던 아들은 말을 듣지 않고 징징대기 시작했다.

카말라는 종종 아들과 함께 휴식을 취해야 했다. 아들은 어머니에게 원하는 것을 해 달라고 떼쓰는 일에 익숙해 있었기에, 카말라는 먹여 주고 달래도 주고 꾸짖기도 했다. 아들은 왜 자기가 이 순례길을 함께 가고 있는지 이해하지 못했다. 이 지치고 슬픈 순례, 알 수 없는 곳으로, 곧 죽게 될 거라는 거룩하고 낯선 이방인에게 왜 가고 있는지 몰랐다. 그 사람이 죽거나 말거나 이 소년에게는 아무 상관이 없었다.

순례자들이 바수데바의 나룻배에 가까워지고 있을 때, 어린 싯다르타는 다시 한번 어머니에게 쉬자고 졸랐다. 그녀, 카말라 자신도 고단한 탓에 아들이 바나나를 씹는 동안 그녀는 바닥에 쭈그리고 앉아 눈을 살짝 감고 쉬었다. 그러다 갑자기 그녀가 울부짖는 비명을 지르자, 소년은 두려움에 떨며 어머니를 바라봤고, 이내 그녀의 얼굴이 공포로 창백해지는 것을 보았다. 카말라의 옷 아래로 그녀를 문 작고 검은 뱀이 도망쳤다.

두 사람은 서둘러 사람들에게 도움을 청하기 위해 길을 따라 달렸다. 그리고 나룻배 근처에 도착했을 때 카말라는 쓰러졌고 더 이상 갈 수 없었다. 그러자 아들은 비참하게 울기 시작했고, 어머니를 끌어안고 입 맞추었다. 그녀도 비명을 지르며 도움을 청했기에 사공 바수데바의 귀에도 그 소리가 들렸다. 재빨리 그는 걸어와서 여자를 팔에 안아 배에 태웠고, 소년 싯다르타도 따라와 모두 오두막에 도착했다. 싯다르타는 난로 옆에 서서 막 불을 피우고 있었다. 싯다르타가 고개를 들어 처음으로 소년의 얼굴을 보았는데, 놀랍게도 그 순간은 잊고 있던 무언가를 기억하라는 경고처럼 느껴졌다. 그리고 그는 카말라를 보았다. 그녀는 뱃사공의 팔 안에 의식을 잃고 누워 있었지만, 싯다르타는 곧 그녀가 카말라라 는 것을 알아보았고, 이제 자신에게 잊고 있던 것을 상기시켜 준 듯한 그 소년이 자신의 아들이라는 것도 깨달았다. 그의 가슴은 세차게 고동쳤다.

뱀에 물린 카말라의 상처는 물로 씻었으나 이미 검게 변해 있었 고, 몸은 부어올랐다. 몰약을 마시고 겨우 의식이 돌아온 그녀는 오두막에 있는 싯다르타의 침대에 누웠다. 곁에는 그녀를 그토록 사랑했던 싯다르타가 몸을 굽히고 서 있었다. 그것이 그녀에게는 꿈처럼 느껴졌다. 카말라는 미소를 지으며 친구의 얼굴을 보았다. 천천히 그녀는 자신의 상황을 깨닫고 뱀에 물린 것을 기억해 냈으 며, 작은 소리로 아들 싯다르타를 불렀다.

"아들은 여기 함께 있으니 걱정하지 마세요." 싯다르타가 말 했다.

카말라는 그의 눈을 바라보았다. 그녀는 무서운 독에 마비된 듯 무거운 혀로 말했다. "당신도 나이가 들었군요, 내 사랑." 그녀 가 말했다.

"당신은 백발이 되었군요. 하지만 당신은 한때 옷도 제대로 입지 않고 먼지가 쌓인 발로 나의 유원지로 왔던 젊은 사문 그대로네요. 당신이 나와 카마스바미를 떠났던 그때보다 더 많이 그 젊은 날의 사문을 닮았어요. 눈빛으로 보면 싯다르타, 당신은 그때의 그와 같 습니다. 아아, 나도 늙었는데, 나를 알아볼 수 있나요?"

싯다르타는 미소를 지었다. "바로 알아봤소, 카말라, 내 사랑."

카말라는 그녀의 아들을 가리키며 말했다. "이 아이도 알아보셨나요? 그 애는 당신의 아들이에요."

카말라는 혼란스러워하며 눈을 감았다. 소년은 울었다. 싯다르타는 아이를 무릎에 앉혀 놓고 울게 두었으며, 머리를 쓰다듬어 주었다. 아이의 얼굴을 보니 자신이 어렸을 때 배웠던 바라문의 기도문이 떠올랐다. 천천히, 그는 노래하는 목소리로 말하기 시작했다. 그의 과거와 어린 시절로부터 노랫말이 흘러나왔다. 그리고 그 노래와 함께 소년은 침착해졌고, 가끔씩 흐느끼는 소리만 내다가 잠이 들었다. 싯다르타는 아이를 바수데바의 침대에 눕혔다. 바수데바는 난로 옆에 서서 밥을 지었다. 싯다르타는 그를 쳐다보았고, 바수데바는 미소로 답했다.

"그녀는 죽을 겁니다." 싯다르타가 조용히 말했다.

바수데바는 고개를 끄덕였고, 그의 온화한 얼굴 위로 난로의 불빛이 비쳤다. 다시 한번 카말라는 의식을 되찾았다. 고통이 그녀의 얼굴을 일그러뜨렸다. 싯다르타의 눈은 그녀의 입가와 창백한 뺨에서 고통을 읽었다. 그는 조용히, 주의 깊게, 카말라의 죽음을 기다리며 그의 마음은 그녀의 고통과 하나가 되었다. 카말라는 그것을 느꼈고, 싯다르타와 눈을 마주치려 노력했다.

그를 바라보며 그녀는 말했다. "이제 나는 당신의 눈 역시 변한 것을 느껴요. 완전히 달라졌어요. 내가 당신이 싯다르타라는 것을 어떻게 알아봤겠어요? 당신이기도 당신이 아니기도 한 눈 때문입니다."

싯다르타는 아무 말도 하지 않고 조용히 그녀의 눈을 바라보았다.

"당신은 그것을 얻었나요?" 그녀가 물었다. "평화를 찾았나요?"

그는 미소를 지으며 그녀의 손 위에 자기 손을 얹었다.

"나는 보고 있어요." 그녀가 말했다. "나는 보여요. 나도 평화를 찾을 거예요."

"당신은 그것을 찾았어요." 싯다르타가 속삭이듯 말했다.

카말라는 그의 눈을 멈추지 않고 바라보았다. 그녀는 생각했다. 그녀가 완성된 자라는 고타마의 평화를 숨 쉬어 보고 싶어서, 그 얼굴을 보고 싶어서 순례길에 올랐던 것을 생각했다. 하지만 고타마 대신 싯다르타를 만나게 되었고, 그 느낌은 마치 고타마를 본 것만큼이나 좋은 것이었다. 그녀는 이것을 그에게 말하고 싶었지만, 혀가 더 이상 말을 듣지 않았다. 그녀는 말없이 그를 바라보았다.

그리고 그는 그녀의 눈에서 생명이 사라지는 것을 보았다. 마지막 고통이 그녀의 눈을 가득 채웠을 때, 마지막 떨림이 그녀의 몸을 통과할 때, 싯다르타의 손은 그녀의 눈꺼풀을 감겨 주었다.

그는 한참 동안 앉아서 평화롭게 죽은 그녀의 얼굴을 바라보았다. 오랫동안 그는 그녀의 입, 늙고 지친 입, 그 입술을 관찰했다. 얇아진 입술, 그리고 그는 기억했다. 그의 젊음이 한창이던 시절, 갓 갈라진 무화과와 같던 그 입술을 떠올리며 지금 이 입술과 비교했다. 오랫동안 앉아서 그는 그녀의 창백한 얼굴, 피곤한 주름을 바라보았다. 거기에서 그는 그 자신의 모습 또한 보았다. 창백하고 꺼져 버린 자신의 얼굴. 하지만 동시에 그는 그와 그녀의 젊은 얼굴, 붉은 입술, 불타오르는 눈이 동시에 현존하는 것을, 이 영원의 느낌을 그의 온 존재가 느끼고 있음을 알았다. 그는 그 어느 때보다 더 깊이 이 순간, 모든 생명의 불멸성을, 모든 순간의 영원성을 느꼈다.

그가 일어났을 때 바수데바는 그를 위해 밥을 준비해 두었다. 하지만 싯다르타는 먹지 않았다. 염소가 서 있던 마구간에서 두 노인은 짚으로 만든 그들의 잠자리를 준비했다. 바수데바는 잠을 자려고 누웠다. 하지만 싯다르타는 밖에 나가서 오두막 앞에 앉았다. 과거에 둘러싸여, 동시에 자기 인생의 모든 시간에 에워싸인 채 강물의 소리를 들었다. 하지만 때때로 그는 일어나서 오두막 문으로 발걸음을 옮겼다. 소년이 잘 자고 있는지 들여다보기 위해서였다.

이른 아침, 해가 뜨기도 전에 바수데바는 마구간에서 나와 친구에게 다가갔다.

"잠을 못 잤군요." 그가 말했다.

"아니요, 바수데바. 여기 앉아서 강물 소리를 듣고 있었어요. 강이 많은 것을 말해 줬어요. '일체'라는 생각으로 저를 깊이 채우고 치유해 주었습니다."

"싯다르타, 당신은 고통을 경험했지만 나는 보았소. 슬픔이 그대 마음속에 들어오지 않았음을."

"아니에요, 어떻게 슬퍼할 수 있겠어요? 부유하고 행복했던 저는 지금 더 부유하고 행복해졌습니다. 아들이 나에게 왔으니까요."

"당신의 아들은 저도 환영합니다. 자, 이제 싯다르타, 일하러 갑시다. 할 일이 많으니까. 카말라는 오래전에 내 아내가 죽었던 침대에서 죽었소. 카말라의 화장을 위한 장작 더미도 내 아내를 위해 만들었던 같은 언덕에다 만들어 봅시다." 소년이 아직 잠들어 있는 사이 그들은 장례식 화장을 위한 장작 더미를 세웠다.

아들

소년은 작은 소리로 울면서 어머니의 장례식에 참석했다.

싯다르타가 소년을 아들로 맞이하고, 바수데바의 오두막에서 함께 살자고 말했을 때 소년은 겁먹은 채 우울하게 듣고 있었다. 소년은 창백한 얼굴로 어머니를 장사 지낸 언덕에 몇 날이고 먹지도 않고 앉아 있었다. 시선도 주지 않았고, 마음도 열지 않았다. 그저 자신의 운명을 부정하고 저항하는 모습이었다.

싯다르타는 아들이 원하는 대로 하도록 내버려두고, 그의 애도를 존중했다. 싯다르타는 아들이 자신을 알지 못한다는 것을, 아버지처럼 사랑할 수 없다는 사실을 이해했다. 또한 싯다르타는 열한 살짜리 소년이 응석을 부리고, 어머니의 사랑을 받고, 좋은 음식, 부드러운 침대와 하인에게 명령을 내리는 데 익숙한 부자들의 환경에서 자랐다는 것을 서서히 알게 되었다. 어머니의 죽음을 슬퍼하는 응석받이가 갑자기 낯선 사람들과 가난한 삶에 만족하지 못하는 것은 당연했다. 싯다르타는 그에게 무엇도 강요하지 않았고, 아들을 위해 많은 집안일을 했으며, 먹을 것은 항상 최고를 골랐다. 다정한 인내로 그는 차차 아들이 그에게 다가오기를 바랐다.

아들이 싯다르타에게 왔을 때, 싯다르타는 스스로 부유하고 행복한 사람이라고 생각했다. 하지만 시간이 흘러도 아들은 여전히 낯선 사람으로 남아 있었다. 아들은 우울한 기질에 고집스럽고 반항하는 마음이 컸다. 어떤 일도 하지 않으려 했고, 노인을 존경하지도 않았다. 바수데바의 과일나무에서 아들이 과일을 훔쳤을 때, 싯다르타는 그의 아들이 행복과 평화를 가져오지 않고, 오히려 고통과 걱정만을 가져왔다는 생각이 들었다. 하지만 그는 그를 사랑했고, 사랑으로 힘들고 걱정스러운 것이 아들 없이 행복하고 기쁜 것보다 나았다. 어린 싯다르타가 혼자 오두막집에 있었기 때문에, 노인들은 일을 나누었다. 바수데바는 다시 나룻배 일을 맡았고, 싯다르타는 아들을 보살피기 위해 오두막과 들판에서 일하기로 했다.

싯다르타는 오랜 시간, 그러니까 몇 달 동안이나 아들이 자신을 이해하고, 사랑을 받아들이고, 보답해 주기를 기다렸다. 바수데바도 몇 달 동안 기다리고 지켜보면서 아무 말도 하지 않았다. 그러던 어느 날 저녁, 어린 싯다르타가 다시 한번 변덕을 부리며 반항심으로 아버지를 괴롭히고, 급기야 밥그릇 두 개를 깨트렸을 때 바수데바는 싯다르타를 한쪽으로 데려가 이야기를 나눴다.

"미안하오. 하지만 다 친한 마음에서 이야기하는 것이니 이해해 주오." 바수데바는 말했다. "나는 당신이 자신을 괴롭히고 슬픔에 빠진 것을 보고 있소. 당신 아들이 당신과 나를 걱정만 시키고 있어요. 그 어린 새는 다른 삶과 다른 둥지에 익숙합니다. 그는 당신처럼 부유한 삶과 도시를 혐오와 지겨움에 도망쳐 나온 게 아니라오. 자신의 의지와는 상관없이 그 모든 것을 버리고 떠나야만 했죠. 나는 강에게 물었소. 오 친구여, 나는 여러 번 물었다오. 하지만 강은 그저 나를 비웃고, 당신과 나를 비웃고, 우리의 어리석음을 비웃으며 아니라고 합니다. 물은 물과 함께하고 싶고, 청춘은 청춘과 함께하고 싶어 합니다. 여기는 당신 아들이 제대로 자랄 수 있는 곳이 아니오. 당신도 강에게 물어야 합니다. 강의 소리를 들어 봐야 해요."

싯다르타는 괴로워하며 그의 친근한 얼굴을 들여다보았다.

주름이 많지만 환한 얼굴이었다. "어떻게 제가 아들과 헤어질 수 있겠습니까?" 그는 조용히 부끄러운 듯 말했다. "조금만 더 시간을 주세요. 저는 그를 위해 싸우고 있고, 그의 마음을 얻으려고 노력하고 있어요. 사랑으로 다정하게 대하면서, 그렇게 인내하면서, 그의 마음을 사로잡으려 합니다. 언젠가는 강이 아들에게도 말을 걸고, 아들도 부름을 받을 것입니다."

바수데바의 미소가 더욱 따뜻하게 번졌다. "그래요, 그 아이도 부름을 받았지요. 영원한 생명의 부름을 받았습니다. 하지만 우리는 그 아이가 무엇을 하라고, 어떤 길을 가라고, 어떤 행동을 취하라고 부름을 받았는지 아나요? 또 어떤 고통을 견디도록 운명지어졌는지 아나요? 그의 고통은 작지 않을 것입니다. 그 아이는 오만하고 괴팍한데, 결국 이런 사람들은 많은 고통을 겪고, 많이 실수하고, 많은 불의를 저지르지요. 많은 죄로 스스로 짐을 지고 있는 사람들과 같아요. 말해 봐요, 싯다르타. 당신은 아들을 통제하는 양육을 하지 않을 거요? 강요도 하지 않고 때리지도 않고 벌도

주지 않을 건가요?"

"아니요, 바수데바, 전 그렇게 못 해요."

"알고 있어요. 당신은 강요하지도 않고, 때리지도 않고, 명령하지도 않죠. 왜냐하면 당신은 부드러움이 단단함보다 강하고, 물이 바위보다 강하고, 사랑이 힘보다 강하다고 여기는 사람이니까. 그점은 정말 좋고 칭찬하오. 하지만 당신이 그 아이에게 강요하지 않고, 처벌하지 않고 있다고 생각하는 건 혹시 착각이 아닐까요? 당신은 이미 당신의 사랑으로 그 아이를 묶지 않았소? 매일 열등감을 느끼게 하지 않았나요? 당신의 친절과 인내심으로 그 아이를 더 힘들게 하지 않았는지, 애지중지하여 더 오만한 아이가 되도록 강요한 것 아닌지요? 밥도 별미로 생각하고 바나나만 먹는 늙은이 둘과 오두막에서 살라고 강요하지 않았나요? 늙고 조용한 두 늙은이의 심장이 저 아이의 심장과 같을 거라고 생각하지 마세요. 그러니 아이가 이 모든 것을 강요당한 것이고, 벌을 받고 있는 게 아니면 무엇이겠소?"

싯다르타는 괴로워하며 땅을 바라보았다. 그리고 조용히 물었다. "그럼 제가 어떻게 해야 할까요?"

바수데바는 말했다. "그 아이를 도시로 데려가서 어머니의 집으로 데려다주구려. 여전히 하인들이 있을 테니 그들에게 그를 넘겨요. 그리고 더 이상 주변에 아무도 없으면 그를 교사에게 데려가시오. 가르침을 위해서가 아니라, 다른 소년 소녀들과 함께 있을 수 있도록 하기 위해서요. 그곳이 자기의 세상일 겁니다. 이런 생각을 해 본 적이 없소?"

"당신은 제 마음을 들여다보고 있군요." 싯다르타가 슬프게 말했다. "종종 저도 그런 생각을 했었지요. 하지만 보세요. 온유함이라곤 없는 저 애를 어떻게 이 세상에 맡겨요? 부유한 것만 좇지는 않을까요? 쾌락과 권력에 빠져 아버지의 모든 실수를 반복하지 않을까요? 윤회의 세상에서 길을 잃지는 않을까요?"

뱃사공의 미소가 환하게 빛났고, 그는 부드럽게 싯다르타의 팔을 치며 말했다. "친구여, 강에게 물어보시오! 강이 비웃는 게 들리지 않소? 당신은 정말로 아들이 어리석은 짓을 저지르지 않게 할 수 있다고 믿는 건 아니겠죠? 당신은 윤회의 업에서 아들을 보호할 수 있다고 믿소? 어떻게 그럴 수 있지요? 가르침, 기도, 훈계로? 친구, 당신은 싯다르타 자신의 이야기를 완전히 잊었소? 많은 교훈을 담고 있는 그 이야기, 바로 이 자리에서 했던 바라문의 아들 싯다르타에 관한 이야기를요. 누가 사문 싯다르타를 윤회에서, 죄에서, 탐욕에서, 어리석음에서 안전하게 보호할 수 있었소? 그의 아버지의 종교적 헌신, 스승의 경고, 자신의 지식, 자신의 탐구가 그를 안전하게 지킬 수 있었소? 어떤 아버지가, 어떤 스승이 그를 지켜 줄 수 있겠소? 자신의 삶을 사는 것, 속세의 삶에 물드는 것, 죄책감으로 자신에게 짐을 지우는 것, 죄책감으로 인생의 쓴맛을 보는 것, 그리고 스스로 자신의 길을 찾는 것을 누가 대신해주겠소? 싯다르타, 당신은 이런 것에서 보호받을 수 있는 사람이 있다고 생각하오? 당신이 아들을 사랑한다고 해서, 당신이 그를 고통과 실망에서 지켜 주고 싶다고 해서 아들이 그런 삶을 살지 않도록 할 수 있을 것 같소? 당신이 그를 위해 열 번 죽는다고 해도 당신은 그의 삶의 한 부분도 덜어 주지 못할 거요."

바수데바가 이렇게 많은 말을 한 적은 없었다. 싯다르타는 그의 친절함에 감사를 표하고, 오두막으로 들어가서 고민을 하며 오랫동안 잠을 이루지 못했다. 바수데바가 말한 것 중 싯다르타가 이미 생각해 보지 않았거나 몰랐던 것은 없었다. 하지만 이것은 알기만 할 뿐, 그가 행동으로는 옮길 수 없는 지식이었다. 아들에 대한 사랑이 지식보다 더 강했고, 그의 부드러움보다 더 강했으며, 아들을 잃을지도 모른다는 두려움이 더 컸기 때문이다. 그가 그렇게 무언가에 마음을 빼앗긴 적이 있었던가? 그가 어떤 사람을 그렇게 맹목적으로, 고통스럽게, 실패로 끝났지만 행복하게 사랑했던 적이 있었던가.

싯다르타는 친구의 조언에 귀를 기울일 수 없었고, 아들을 포기할 수 없었다. 그는 아들이 자신에게 명령을 내리고 무시해도 내버려두었다. 그는 아무 말도 하지 않고 기다렸다. 매일 그는 다정한 침묵의 투쟁을 시작했다. 조용한 인내의 전쟁을 시작했다. 바수데바는 아무 말도 하지 않고 기다렸다. 다 알지만 친절하게, 인내하면서 기다렸다. 두 사람 모두 인내의 달인이었다.

한번은 소년의 얼굴이 카말라를 아주 많이 떠올리게 했다.

싯다르타는 갑자기 카말라가 오래전 젊은 시절에 그에게 한 말이 떠올랐다. "당신은 사랑을 할 수 없는 사람이에요."

그녀는 그에게 그렇게 말했고, 그는 그녀에게 동의했다. 자신을 별에 비유했고, 속세의 인간들을 낙엽에 비유했다. 그러면서도 그는 그 대화에서 자신에 대한 비난이 있음을 느꼈다.

사실, 그는 다른 사람을 잃거나 다른 사람에게 온전히 헌신해 본 적이 없었다. 자신을 잊고, 사랑을 위해 어리석은 행동을 저지른 적이 없었다. 이것이 바로 그 당시 그에게 보였던 것처럼 그를 어린아이 같은 속인들과 차별화시켜 주는 것이었다. 하지만 이제 아들이 이곳에 왔으니, 싯다르타도 완전히 어린아이와 같은 사람이 되어서 다른 사람을 위해, 다른 사람을 사랑하고, 사랑에 빠지고, 사랑에 빠져서 바보가 되었다. 이제 늦게나마, 그의 일생에서 드디어 한 번 느끼게 되었다. 모든 열정 중 가장 강하고 기이한 이 감정으로 그는 고통받았다. 비참하게 고통받았지만, 그럼에도 행복했고, 그럼에도 새로워지는 느낌, 풍요로워지는 느낌을 받았다.

그는 이 사랑이, 아들에 대한 이 맹목적인 사랑이 지극히 인간적인 열정이고, 또 하나의 윤회요, 흐릿한 근원이며, 어두운 강물이라는 것을 알았다. 그럼에도 그는 동시에 그것이 쓸모없는 것은 아니라고 느꼈다. 그것은 자기 존재의 본질에서 비롯된 필수적인 것이었다. 속죄해야 할 즐거움이고, 견뎌야 할 고통이요, 저지를 수밖에 없는 어리석은 행동이었다.

이 모든 것을 통해 아들은 아버지 싯다르타가 어리석게 행동하도록 했으며, 애정에 매달리고, 아들의 변덕스러운 기분에 굴복하는 굴욕적인 사람으로 만들었다. 아버지는 아들을 기쁘게 할 무엇도, 두렵게 할 무엇도 갖고 있지 않았다. 아버지 싯다르타는 좋은 사람이었다. 선하고, 친절하고, 부드러운 사람, 아마도 매우 독실한 사람, 아마도 성인聖人이었을 것이다. 하지만 그 어떤 것도 소년인 아들을 사로잡을 수 있는 특성이 되지 못했다. 그는 이 비참한 오두막집에 갇혀 지내게 하는 아버지가 지겨웠다. 어떤 못된 짓을 해도 미소로 답하고, 어떤 모욕적 행동이나 언사에도 다정함으로, 모든 악행에 친절함으로 답하는 이 아버지가 경멸스러운 술수로 자신을 가둬 놓고 있는 늙은 위선자로 보일 뿐이었다. 아들은 차라리 아버지에게 위협을 받거나 학대를 당했다면 훨씬 더 좋을 것 같았다.

어느 날 어린 싯다르타는 마음속에 품고 있던 것이 터져 나왔고, 그는 대놓고 아버지에게 등을 돌렸다. 아버지는 그에게 임무를 주며 나뭇가지를 모아 오라고 했다. 하지만 아들은 오두막을 떠나지 않고 완고한 고집과 분노로 그 자리에 머물렀다. 그는 발로 땅을 쿵쿵 치고 주먹을 움켜쥐면서 아버지에 대한 그의 증오와 경멸을 강력하게 폭발시키면서 비명을 질렀다.

"필요하면 당신이 직접 가져와!" 그는 입에 거품을 물고 소리 쳤다.

"나는 당신의 하인이 아니야. 당신이 감히 나를 때리지 못한다는 걸 알아. 그리고 당신의 그 종교적인 헌신이나 방종으로 나를 끊임없이 처벌하고 무릎 꿇리려 한다는 것도 알지. 나도 당신처럼 독실하고, 부드럽고, 현명한 사람으로 만들고 싶겠지! 하지만 잘들어. 당신처럼 되느니 차라리 당신을 고통스럽게 만들기 위해서라도 노상강도가 될 거야. 살인자가 되거나 지옥에 가고 싶다구! 난 당신이 싫어. 당신은 내 아버지도 아니고, 우리 엄마를 열 번이나 간음한 놈이잖아!"

분노와 슬픔이 북받쳐 아들은 입에 거품을 물고 아버지에게 백 마디의 야만적이고 사악한 말을 내뱉은 뒤 가출했다가 늦은 밤에야 돌아왔다.

하지만 다음 날 아침, 아들은 다시 사라졌다. 함께 사라진 것은 두 가지 색의 인피섬유로 짠 작은 바구니였다. 뱃사공은 그 바구니에 그들이 운임으로 받은 구리 동전과 은화를 보관했었다. 배도 사라졌는데, 싯다르타는 그 배가 건너편 강가에 있음을 보았다. 소년은 도망친 것이었다.

"아이를 따라가야 합니다." 어제 아들의 폭언 이후 슬픔에 떨고 있던 싯다르타가 말했다. "아이는 혼자서 숲을 통과할 수 없어요. 그는 죽을 겁니다. 뗏목을 만들어야 해요, 바수데바. 강을 건너야 해요."

바수데바는 말했다. "뗏목을 만들어서 아이가 타고 간 나룻배를 찾아와야죠. 하지만 당신은 그 애가 도망가게 놔두어야 하오. 친구, 그는 더 이상 아이가 아니오. 길을 찾을 줄 알아요. 그는 도시로 가는 길을 찾을 거요. 그가 옳아요. 잊지 말아요. 당신이 해야 했지만 못 한 일을 한 거라오. 그는 자신을 돌보고 자신의 길을 가고 있는 거라오. 아아, 싯다르타, 나는 당신이 고통스러워하는 것을 보지만, 그 고통은 곧 웃음으로 바뀔 고통이오."

싯다르타는 대답하지 않았다. 그는 이미 도끼를 손에 쥐고 있었고, 대나무 뗏목을 만들기 시작했다. 바수데바는 그가 새끼줄로 대나무 줄기 엮는 것을 도와주었다. 그러고 나서 뗏목을 타고 강을 건넜고, 가는 길에서 멀리 벗어난 반대편 강둑에 멈추어 뗏목을 육지로 끌어 올렸다.

"왜 도끼를 가져왔나요?" 싯다르타가 물었다.

바수데바가 말했다. "노가 없어졌을지도 몰라서 그렇소."

하지만 싯다르타는 친구 바수데바가 무슨 생각을 하는지 알고 있었다. 그는 소년이 보복하기 위해, 그리고 자신을 쫓아오지 못하게 하려고 노를 버렸거나 부러뜨렸을 거라고 생각했다. 실제로 배에는 노가 남아 있지 않았다. 바수데바는 배 바닥을 가리키며 미소로 싯다르타를 바라보았다. 마치 '당신 아들이 무슨 말을 하려는 건지 모르겠소? 그가 우리가 따라오는 것을 원하지 않는다는 것을 모르겠소?'라고 말하는 것 같았다. 하지만 그는 이것을 말로 하지는 않았다. 그는 새로운 노를 만들었다. 하지만 싯다르타는 도망간 아들을 찾아 바수데바에게 작별을 고했다. 바수데바는 그를 막지 못했다.

싯다르타는 한참 동안 숲속을 걷고 나서야 아들을 찾는 것이 쓸데없는 일이라는 생각을 떠올렸다. 아들은 이미 멀리 앞서서 도시에 도착했거나, 아직 길을 가고 있다면 추격자인 자신에게서 몸을 숨길 것이었다. 또한 그는 계속 생각하면서 자신이 진정 아들 걱정을 하는 것이 아니며, 실제로는 아들이 숲에서 죽지도 않고 위험에 처한 것도 아님을 스스로 알고 있음을 느꼈다. 그럼에도 그는 더 이상 아들을 구하기 위해서가 아니라 단지 자신의 욕망을 채우기 위해, 아들을 한 번만 더 보고 싶은 욕망을 채우기 위해 달렸다. 그리고 그는 달려서 도시 바로 외곽까지 갔다.

도시 근처에서 넓은 길에 도착했을 때 그는 어느 아름다운 유원지 입구에서 멈춰 섰다. 가마에 앉아 있던 카말라를 처음 본 곳이었다. 과거가 그의 영혼에서 다시 일어났고, 그는 다시 그곳에 서 있는 자신을 보았다. 수염을 기르고 벌거벗은, 머리에는 먼지가 가득하던 사문을 보았다. 오랫동안, 싯다르타는 그곳에 서서 열린 문을 통해 정원을 바라보았다. 노란 승복을 입은 승려들이 아름다운 나무 사이를 걷는 게 보였다.

그는 오랫동안 그곳에 서서 생각에 잠기고, 회상을 하고, 자신의 인생 이야기를 들었다. 오랫동안 그는 그곳에 서서 승려들을 바라보았다. 그 자리에 있던 젊은 싯다르타를 보았고, 높은 나무 사이를 걷는 젊은 카말라를 보았다. 분명히 그는 음식과 마실 것을 카말라에게 제공받던 자신을 보았으며, 카말라에게 받은 처음 입맞춤, 바라문 사상을 경멸하며 오만하게 세속적 삶을 욕망했던 자신을 보았다. 카마스바미를 보았고, 하인들, 진탕 마시던 술자리, 주사위 도박꾼들, 음악가들, 카말라의 새장 속 노래하는 새를 보았다. 그는 이 모든 것을 다시 한번 회상하며 윤회를 느꼈고, 또다시 늙고 지친 자신으로 돌아왔으며, 다시 한번 혐오감을 느꼈고, 다시 한번 자신을 없애고 싶다는 충동도 느꼈고, 신성한 옴의 힘으로 다시 한번 치유되었다.

오랫동안 정원의 문 옆에 서 있던 싯다르타는 자신의 욕망이 어리석다는 것을 깨달았다. 여기까지 왔지만, 아들을 도울 수도 없고 아들에게 집착해서도 안 됨을 깨달았다. 그는 마음속 깊이, 마치 하나의 상처처럼 가출한 아들에 대한 사랑을 느꼈다. 그리고 동시에 그는 이 상처가 그에게 해가 되는 것이 아니고, 활짝 피어나 빛나야 한다고 느꼈다. 이 상처가 아직 꽃을 피우지 못하고, 아직 빛을 발하지 못하고 있다는 사실이 그를 슬프게 했다. 가출한 아들을 따라 여기까지 오게 한 목표 대신에 공허함이 찾아왔다. 슬프게도 그는 그 자리에 앉아서 마음속에서 무언가 죽어 가는 것을 느끼고 공허함을 경험했다. 더 이상 기쁨도, 목표도 없었다. 그는 생각에 잠긴 채 앉아 기다렸다. 이것, 기다리고 인내하며 경청하는 것이 그가 강에게서 배운 한 가지였다. 그리고 그는 길가에 앉아 귀를 기울였다. 지치고 슬픈 심정이었으나 심장의 목소리를 기다렸다. 그는 오랜 시간 웅크리고 앉아, 귀 기울이며, 더 이상 아무런 환상도 보지 않았으며, 텅 빈 상태로 들어가 길도 쳐다보지 않았다. 그리고 그는 그 상처가 타오르는 것을 느꼈을 때, 조용히 옴을 내뱉었고 자신을 옴으로 채웠다. 정원의 승려들이 싯다르타를 보았다. 그는 여러 시간 동안 웅크리고 앉아 있었기 때문에 백발 위에는 먼지가 잔뜩 앉아 있었다. 사문들 중 한 명이 그에게 다가와 앞에 바나나 두 개를 놓았다. 하지만 늙은 싯다르타는 그를 보지 못했다.

그렇게 굳어 버린 상태에서 그는 자신의 어깨를 만지는 손길에 의해 깨어났다. 즉시 그는 이 손길, 이 부드럽고 수줍은 손길을 알아차렸고 감각을 되찾았다. 그는 일어나서 자신을 따라온 바수데바에게 인사했다. 그리고 바수데바의 다정한 얼굴을, 잔주름을 바라보았다. 마치 미소 외에는 아무것도 채워지지 않은 것처럼 보이는 얼굴이었다. 그의 행복한 눈동자를 바라보며 싯다르타도 미소를 지었다. 이제 그는 앞에 놓인 바나나를 보았다. 그는 바나나를 집어 들어 하나는 바수데바에게 주고, 다른 하나는 자신이 먹었다. 그 후 그는 바수데바와 함께 조용히 숲으로, 나룻배가 있는 집으로 돌아왔다. 둘 다 오늘 무슨 일이 있었는지 말하지 않았고, 소년의 이름도 소년이 도망친 것에 관해서도 말하지 않았다. 둘다 상처에 관해서도 말하지 않았다.

오두막에서 싯다르타는 침대에 누웠다. 잠시 후 바수데바가 그에게 야자유 한 잔을 가져왔을 때 싯다르타는 이미 잠들어 있었다.

옴

오랫동안 상처는 계속 타올랐다. 많은 여행자가 아들과 딸을 동반한 채 나룻배를 타고 강을 건너기 위해 왔고, 싯다르타는 부러운 눈으로 그들을 바라보며, '수많은 이들이 자식과 함께 사는 달콤한 행운을 가졌는데, 왜 나는 그렇지 않은가? 나쁜 사람들도, 심지어 도둑과 강도조차도 자녀를 낳고 사랑하며, 그들에게 사랑받는다. 왜 나만 그렇지 못한가?' 하고 생각했다. 이렇게 단순하게, 그저 속세의 사람들이 하는 생각을 하며 그들을 닮아 갔다.

이전과는 달리, 그는 이제 사람들을 볼 때 덜 영리하고 덜 교만한 마음으로, 대신 더 따뜻하고, 더 호기심 많은 마음으로 관심 있게 보았다. 평범한 여행자, 어린아이 같은 사람들, 사업가들, 전사, 여성 등 이 사람들은 예전처럼 그에게 낯설지 않았다. 그는 그들을 이해하고, 그들의 삶을 공유했다. 생각과 통찰에 의해서가 아니라 충동과 바람으로 그들을 이해하고 대했다. 그는 거의 완성에 가까웠고, 마지막 상처를 참아 내고 있었지만, 여전히 그 속세의 사람들이 마치 그의 형제 같았다. 그들의 허영심, 소유욕, 우스 꽝스러운 모습 들이 더 이상 우스꽝스럽게 여겨지지 않았고, 이해할 수 있게 되었으며, 사랑스럽고 심지어 숭배할 가치가 있다고까지 여기게 되었다. 자식에 대한 어머니의 맹목적인 사랑, 외아들에 대한 아버지의 어리석은 자만심, 보석을 원하고 남자들로부터 선망의 시선을 얻고자 하는 젊고 허영심 많은 여자, 모든 충동, 이 모든 유치한 것들, 이 모든 단순하고 어리석지만 엄청나게 강하고 강렬히 살아가는 것들, 강하게 지배하는 충동과 욕망은 이제 싯다르타에게 더 이상 어린아이 같은 개념이 아니었다. 그는 사람들이 그러한 것들 때문에 살아가는 것을 보았다. 그런 것들을 위해 끝없이 많은 것을 성취하고, 여행하고, 전쟁도 벌이고, 무한히 많은 고통을 겪고, 무한히 참아 가면서 사는 것이었다. 그는 그래서 사람들을 사랑할 수 있었다. 그는 살아 있는 삶, 불멸의 삶을 보았고, 사람들 각각의 열정과 행동에서 바라문을 보았다. 사람들의 맹목적인 충성심과 맹목적인 힘, 그리고 끈기는 사랑하고 존경할 만한 가치가 있었다. 그들은 부족한 것이 없었다. 다만 지식인이고 사고하는 사람인 싯다르타가 그들보다 단지 하나 우위에 있는 것이 있다면, 그것은 작고 사소한 것이지만 '의식'하고 있다는 사실이었다. 모든 삶은 '일체'라는 것을 의식하고 있었다. 그리고 싯다르타는 많은 시간 동안 의심했다. 이 지식, 이 사유가 그렇게 높이 평가되어야 하는 것인지, 생각하는 사람들의 유치한 사고는 아닌지 의심했다. 다른 모든 면에서 속세의 사람들은 현자들과 동등한 위치에 있었고, 종종 그들보다 훨씬 뛰어났다. 동물들도 어떤 순간에는 필요한 것을 얻기 위해 거칠고 가차 없이 수행하는 데 있어 인간보다 우월한 것처럼 보일 때가 있는 것과 마찬가지였다.

싯다르타에게는 깨달음과 지식, 지혜가 실제로 무엇인지, 오랜 탐구의 목표가 무엇인지에 관한 깨달음이 서서히 꽃을 피우고 천천히 익어 갔다. 그것은 그의 삶 내내 매 순간 생각하는 그 완전한 일체를 느끼고 숨 쉬려는 영혼의 준비였고 능력이었으며, 비밀스러운 기술 외에는 아무것도 아니었다. 천천히 이것은 그에게서 꽃을 피우고, 바수데바의 늙었지만 어린아이 같은 얼굴에 반사되었다. 조화, 변치 않는 세상의 완전성을 이해한다는 것, 미소와 그 '일체'의 느낌이 반사되고 있었다.

하지만 상처는 여전히 타오르고 있었고, 싯다르타는 간절하고 쓸쓸하게 그의 아들을 생각했고, 그의 마음에 사랑과 정을 키우고, 고통이 자신을 갉아먹도록 허락했다. 모든 사랑이라는 이름의 온갖 어리석은 행위는 다 저질렀다. 그 상처의 불꽃은 저절로 꺼지지 않을 것이다.

그리고 어느 날, 상처가 심하게 타들어 가던 어느 날, 싯다르타는 배를 타고 강을 건너 도시로 갔다. 아들을 찾기 위해서였다. 계절은 건기여서 강물은 조용히 흐르고 있었지만, 그 목소리는 이상하게 들렸다. 강은 웃고 있었다. 분명히 웃고 있었다. 강은 웃었고, 밝고 선명하게 이 뱃사공 싯다르타를 비웃었다.

싯다르타는 더 자세히 듣고자 물 위로 몸을 구부렸다. 그는 조용히 움직이는 물결에 비친 자신의 얼굴을 보았다. 그리고 이 반사된 얼굴에는 그에게, 그가 잊어버린 무언가를 생각나게 하는 게 있었다. 그는 그것에 관해 생각하고, 마침내 무엇인지 알아냈다. 그 얼굴은 그가 알고 사랑했던, 또 두려워했던 다른 얼굴과 닮아 있었다. 그것은 아버지의 얼굴, 바라문의 얼굴이었다. 그는 오래 전 젊은 시절에, 그가 사문이 되기 위해 떠날 때 어떻게 아버지에게 뗴를 썼는지, 어떻게 아버지와 이별했는지, 어떻게 그렇게 떠나고서는 다시 돌아가지 않았는지 기억했다. 그의 아버지도 지금의 싯다르타처럼 아들 때문에 똑같은 고통을 겪었을까? 아버지는 아들을 다시 보지 못하고, 이미 오래전 홀로 세상을 떠난 것은 아닐까? 싯다르타 자신도 같은 운명을 겪게 되는 것은 아닐까? 이런 반복, 이런 운명의 수레바퀴는 참으로 희극적이고 어리석지 않은가? 너무 기이하지 않은가?

강은 비웃었다. 그렇다. 고통을 다 겪지 못한 것은 모든 것이 다시 돌아왔고, 끝까지 고통받고 해결되어야 했다. 같은 고통이 계속되었다. 싯다르타는 오두막으로 다시 돌아가기 위해 배에 올라탔다. 아버지를 생각하고, 아들을 생각하고, 강의 비웃음을 받으며, 자기와 싸우며 절망하면서 또 자신과 온 세상을 비웃고 싶은 마음으로 가득 찬 채 배를 타고 갔다.

아아, 상처는 아직 피어나지 않았고, 그의 마음은 여전히 그의 운명과 싸우고 있었다. 쾌활함과 승리는 아직 그의 고통에서 빛을 발하지 않았다. 그럼에도 그는 희망을 느꼈고, 오두막으로 돌아온 후에는 바수데바에게 마음을 열고 모든 것을 보여 주고 싶은 강렬한 욕망을 느꼈다. 경청의 달인인 바수데바에게 모든 것을 다 말하고 싶었다.

바수데바는 오두막에 앉아 바구니를 짜고 있었다. 그는 더 이상 나룻배를 몰지 않았다. 그의 눈은 약해지기 시작했고, 눈뿐만 아니라 팔과 손도 약해지기 시작했다. 그의 얼굴에서 변하지 않고

번성하는 것은 오직 기쁨과 밝은 자비심뿐이었다.

싯다르타는 노인 옆에 앉아서 천천히 이야기를 시작했다. 한 번도 말하지 않았던 이야기를 이제야 들려주었다. 도시에 다녀온 것, 불타는 상처, 행복한 아버지들을 보며 부러워한 것, 그러한 욕망의 어리석음과 그 욕망들과의 헛된 싸움까지도. 그는 모든 것을 보고했고, 말할 수 있었다. 심지어 가장 부끄러운 부분까지도 모두 말할 수 있었고, 모든 것을 다 보여 줄 수 있었다. 그는 자신의 상처를 보여 주었다. 오늘 어떻게 도망쳤는지, 어떻게 물을 건너왔는지, 어떻게 어린아이처럼 도망쳐서 도시로 갔다 왔는지, 그리고 강물이 어떻게 그를 비웃었는지까지 모두 다 말했다.

그가 말하는 오랜 시간 동안, 바수데바는 조용한 얼굴로 듣고 있었는데, 그 모습을 보고 있자니 싯다르타는 어떻게 자신의 고통과 두려움이 바수데바에게 흘러 들어가는지, 어떻게 그의 비밀스러운 희망이 그에게 흘러 들어갔다가 자신에게 돌아오는지를 어느 때보다 강렬하게 느꼈다. 이렇게 경청하는 사람에게 자신의 상처를 보여 준다는 것은 상처가 식어 강물과 하나가 될 때까지 강물에 상처를 씻는 것과도 같았다. 싯다르타는 여전히 말하고 인정하고 고백하는 동안 더 이상 듣는 이가 바수데바가 아니라는 것을 점점 더 느꼈다.

그의 말을 듣고 있는 이는 더 이상 인간이 아니고, 이 움직이지 않고 듣는 이는 비가 내리는 날의 나무처럼 싯다르타의 고백을 자신에게 흡수하고 있다고 느꼈다. 이 움직이지 않고 듣는 이는 강 그 자체였고, 신 그 자체였고, 영원 그 자체였다. 싯다르타가 자신과 자신의 상처에 관한 생각을 멈추니 변화하는 바수데바에 관한

깨달음이 그를 사로잡았고, 그가 그것을 느끼고 그 안으로 들어
갈수록 모든 것이 질서 정연하다는 사실을 놀랍지 않게 깨달았다.
바수데바는 이미 오래전부터, 거의 영원히 이미 이런 상태였다는
것을 깨달았다. 오직 자신만이 그것을 인식하지 못했다는 사실을
깨달았고, 자신도 거의 같은 상태에 도달했음을 또한 깨달았다.
그는 지금, 마치 사람들이 신을 보는 것처럼 늙은 바수데바를 보
고 있으며, 이것은 지속될 수 없다는 것을 느꼈다. 그는 마음속으
로 바수데바에게 작별을 고하기 시작했다. 이 모든 과정에서 그는
끊임없이 이야기했다.

그가 말을 마치자, 바수데바는 처음과 같지는 않으나 여전히
다정한 눈길을 주었고, 싯다르타에게 아무 말도 하지는 않았지만
소리 없는 사랑과 긍정, 이해한다는, 알고 있다는 눈빛을 보내 주
었다. 그는 싯다르타의 손을 잡고 그를 둑 가장자리로 이끌고 가
함께 앉았다. 그리고 강을 바라보며 미소 지었다.

"강이 웃는 소리를 들었소?" 그가 말했다. "하지만 아직 다 들
은 건 아니지. 들어 봐요, 더 많이 들을 수 있을 겁니다."

그들은 귀를 기울였다. 강물은 여러 가지 목소리로 노래하며 부
드럽게 울려 퍼졌다.

싯다르타는 물을 들여다보았고, 흐르는 물에서 여러 모습이 나
타났다. 먼저 그의 아버지가 나타났다. 아들을 위해 슬퍼하는 모
습으로 나타났다. 외로운 모습이었지만, 멀리 있는 아들에 대한 갈
망에 묶여 있는 모습이었다. 그리고 아들의 모습이 나타났다. 젊음
의 욕망이 불타오르는 길을 따라 돌진하는 욕심 많은 모습이었다.
모습들이 모두 목표를 향해 가고, 목표에 집착하고, 또 각자 고통

받고 있었다. 강은 고통의 목소리로 노래하고, 간절히 그리워하듯 노래했으며, 목표를 향해 흐르며 애절하게 노래했다.

"들리오?" 바수데바가 침묵의 눈빛으로 물었다. 싯다르타는 고개를 끄덕였다.

"더 들어 봐요." 바수데바가 조용히 말했다.

싯다르타는 더 잘 듣기 위해 노력했다. 아버지의 모습, 자신의 모습, 아들의 모습이 합쳐졌다. 카말라의 모습도 나타났다가 흩어졌으며, 고빈다의 모습과 또 다른 모습들이 나타나 합쳐지고 다시 모두 강으로 변해서, 갈망하고 욕망하고 또 고통받으며 목표를 향했다. 강의 목소리는 갈망으로 가득 차고, 불타는 비애로 가득 차고, 만족할 수 없는 욕망으로 가득 찬 것처럼 들렸다. 목표를 향해 강은 흘러가고 있었고, 싯다르타는 강이 서두르는 것처럼 보였다. 그와 그가 사랑하는 사람들, 그리고 그가 본 모든 사람으로 구성된 이 모든 파도와 물결이 목표를 향해 가며 서두르고 고통스러워했다. 수많은 목표를 향하여, 폭포, 호수, 여울, 바다를 향해 서둘러 나아갔다. 그리고 모든 목표에 도달하면 그 모든 목표 뒤에는 새로운 목표가 이어졌다.

물은 수증기가 되어 하늘로 올라가 비로 변하고, 하늘에서 쏟아져 내려 다시 물의 근원이 되고, 샘이 되고 개울이 되고 강이 되고, 다시 한번 앞으로 나아가고, 다시 한번 흘러갔다. 하지만 그 그리움의 목소리가 바뀌었다. 여전히 고통과 갈망으로 가득 찬 목소리로 울려 퍼졌지만, 다른 목소리들과 섞였다. 기쁨의 목소리, 고통의 목소리, 선과 악의 목소리, 웃음과 슬픔의 목소리 등 수백, 수천 개의 목소리가 합쳐졌다.

싯다르타는 귀를 기울였다. 그는 이제 완전히 경청하는 사람일 뿐이었다. 듣는 것에 집중하고, 완전히 비워진 그는 이제 경청하는 법을 다 배웠다고 느꼈다. 이전에도 종종 그는 이 모든 것을 들었다. 하지만 이미 들었던 수많은 목소리가 오늘은 새롭게 들렸다. 이미 그는 더 이상 그 목소리들을 구분할 수 없었다. 행복한 목소리와 우는 목소리를 구분할 수 없었다. 아이들의 목소리와 어른들의 목소리가 구분되지 않았고, 모두의 목소리로 들렸다. 슬픈 갈망의 소리, 아는 자의 웃음, 분노의 비명과 죽어 가는 사람들의 신음 소리. 모든 것이 하나였고, 모든 것이 서로 얽혀 있고 연결되어 있었다, 수천 번 얽히고설켜 있었다. 그리고 모든 것이, 모든 목소리, 목표, 갈망, 고통, 쾌락, 선과 악의 모든 것들, 이 모든 것들이 하나의 세상이었다. 이 모든 것들이 함께 어우러져 사건들의 흐름을, 삶의 음악을 만들어 냈다. 싯다르타는 강의 소리, 이 수천 목소리의 노래에 귀 기울이면서, 고통도 웃음도 듣지 않고, 자신의 영혼을 어떤 특정한 목소리에도 묶지 않았다. 그저 자신의 자아를 그 소리 안에 담았다. 그들 모두의 목소리를 들을 때 싯다르타는 그것이 하나의 전체로서 들렸고, 하나 된 '일체'로 들려왔다. 수천의 목소리는 하나의 단어로 구성되어 있었다. 그것은 '옴'이었다. 옴이라는 완전함이었다.

"들리오?" 바수데바의 시선이 다시 물었다.

바수데바의 늙은 얼굴과 주름들 위로 미소가 환하게 빛나고 있었다. 마치 강물의 그 모든 목소리 위로 공중에 옴이 떠 있는 것 같았다. 싯다르타가 친구의 얼굴을 바라봤을 때 그의 미소는 밝게 빛나고 있었고, 이제는 싯다르타의 얼굴에도 미소가 빛나기 시작했다. 그의 상처는 꽃을 피웠고, 그의 고통은 반짝였으며, 그의 자아는 '일체' 안으로 흘러들었다.

이 순간 싯다르타는 운명과의 싸움을 멈추었고, 고통도 멈추었다. 그의 얼굴은 깨달음의 즐거움으로 빛났다. 더 이상 어떤 의지로도 반대할 수 없는 그 앎은, 완전함을 이해하고, 사건들의 흐름과 일치하고, 삶의 여정에 동의하고, 다른 사람들의 기쁨과 고통에 공감하며, 단일성으로의 흐름에 동참하는 깨달음이었다.

바수데바가 강둑 자리에서 일어났을 때, 그는 싯다르타의 눈이 깨달음의 행복으로 빛나는 것을 보았다. 그는 조심스럽게 손으로 싯다르타의 어깨를 어루만졌다. "나는 이 시간을 기다려 왔소. 이제 이 시간이 왔으니 떠나겠소. 오랫동안 이 시간을 기다려 왔어요. 오랜 시간 나는 뱃사공 바수데바로 살았죠. 이제 충분합니다. 잘 있거라, 내 오두막과 강아. 그리고 잘 가시오, 잘 지내시오, 싯다르타!"

싯다르타는 작별을 고하는 그 앞에서 깊은 절을 올렸다.

"나는 이렇게 될 줄 알고 있었소." 그가 조용히 말했다.

"숲으로 들어가시겠습니까?"

"숲으로, 일체 안으로 들어간다오." 바수데바가 환한 미소를 지으며 말했다.

그는 환한 미소를 지으며 떠났고, 싯다르타는 그가 떠나는 모습을 지켜보았다. 환희와 엄숙함으로 싯다르타는 바수데바가 떠나는 것을 보았고, 그의 발걸음이 평화로 가득 찬 것을 보았다. 그리고 그의 머리에는 광채가 가득하고, 몸에는 빛이 가득 찬 것을 보았다.

고빈다

다른 승려들과 함께 고빈다는 순례길 중간중간 휴식의 시간을 보내곤 했다. 기녀 카말라가 고타마의 추종자들에게 선물로 준 유원지에서 쉬던 때였다. 그는 한 늙은 뱃사공에 관한 이야기를 들었다. 걸어서 하루 정도 걸리면 갈 수 있는 강가에서 살고 있는데, 많은 사람이 현자로 여긴다고 했다. 고빈다는 다시 순례길에 올랐을 때, 그 뱃사공을 보고 싶어 나룻배로 가는 길을 택했다. 그는 평생을 규칙을 지키며 살았고, 나이나 겸손함 때문에도 젊은 승려들의 존경을 받았지만, 여전히 마음속에는 불안이 존재했고 구원에 목말라 있었다.

그는 강가로 와서 노인에게 그를 배에 태워 달라고 부탁했다. 반대편에 도착해 배에서 내렸을 때 고빈다는 노인에게 말했다.

"사공이시여, 당신은 우리 사문과 순례자들에게 매우 친절하고, 이미 많은 사람을 강 건너로 데려다주셨습니다. 당신도 올바른 길을 찾는 이, 즉 구도자 아닙니까?"

싯다르타는 그의 늙은 눈에 미소를 지으며 말했다. "오 스님, 당신은 아직도 자신을 구도자라 부르시나요? 연로하시고 고타마의 승복을 입고 있으면서도요?"

고빈다는 대답했다. "사실입니다. 저는 늙었습니다. 하지만 저는 구도를 멈추지 않았습니다. 결코 멈추지 않을 것입니다. 이것이 제 운명인 것 같아서요. 당신도 제 생각에는 계속 구도하고 계신 것 같은데요, 저에게 무슨 해 주실 말씀이 없으실까요? 존경하는 사공님."

싯다르타가 말했다. "오, 제가 무슨 말을 해 드려야 할까요? 아마도 스님께서는 너무 많은 것을 구하고 계시지는 않는지요? 너무 많은 것을 찾다 보면 찾지 못할 수 있습니다."

"어째서지요?" 고빈다가 물었다.

"누군가 무언가를 구할 때 그 사람의 눈에는 여전히 그가 찾는 것만 보일 수 있습니다. 그러면 아무것도 깨달을 수가 없고, 아무것도 마음에 들어오지 않습니다. 왜냐하면 그는 항상 찾는 대상만 생각하기 때문입니다. 그는 목표가 있고, 목표에 집착하기 때문입니다. 구한다는 것은 목표가 있다는 뜻입니다. 하지만 깨달음은 자유롭고 개방적이며 목표가 없습니다. 존경하는 스님이시여, 당신은 구도자가 맞는 것 같습니다. 오직 당신이 찾는 것만을 생각하니, 당신 눈 바로 앞에 있는 많은 것들을 보지 못하는 것입니다."

고빈다는 물었다. "무슨 말인지 잘 이해를 못 하겠습니다. 무슨 뜻이지요?"

싯다르타는 말했다. "오래전, 오랜 세월이 지났습니다. 전에, 당신은 이 강에 있었고, 강가에서 잠든 한 사람을 발견했지요. 당신은 그 옆에 앉아서 자는 그를 지켜 주었습니다. 하지만, 오 고빈다, 당신은 잠자는 사람을 알아보지 못했습니다."

승려는 마치 마법에 걸렸다 깨어나기라도 한 것처럼 깜짝 놀라며 뱃사공의 눈을 바라보았다.

"오 싯다르타, 자네인가?" 그는 머뭇거리는 목소리로 물었다. "이번에도 자네를 못 알아볼 뻔했다니. 아, 진정 반갑구먼. 싯다르타여, 진심으로 반가워. 정말 기뻐. 자네는 많이 변했구먼, 친구. 그래서 이제 뱃사공이 된 건가?"

싯다르타는 다정하게 웃었다. "그래, 뱃사공이 되었다네. 고빈다, 많은 사람이 하는 일을 바꾸면서 살아가지. 나도 그중 하나야. 환영하네, 고빈다. 오늘은 내 오두막에서 하룻밤을 보내세."

고빈다는 오두막에서 하룻밤을 묵고 바수데바가 사용하던 침대에서 잠을 잤다. 그는 젊은 시절 친구에게 많은 질문을 던졌고, 싯다르타는 그동안의 삶에 관해 많은 이야기를 들려주어야 했다.

다음 날 아침, 하루의 여정을 시작할 시간이 되었을 때 고빈다는 망설임 없이 이렇게 말했다.

"싯다르타, 길을 떠나기 전에 한 가지만 더 물어도 될까? 자네에게는 마음에 품은 어떤 가르침이 있나? 자네가 따르는 믿음이나 지식 같은 것이 있는지 궁금하네. 올바르게 살아가도록 하는 그런 가르침 말이야."

싯다르타는 말했다. "고빈다, 자네도 알다시피 나는 이미 젊은 시절에, 숲속에서 고행자들과 함께 살던 그 시절에, 이미 스승과 가르침을 불신하고 그들에게 등을 돌리지 않았나. 나는 단호했었지. 그런데도 그 이후로 많은 스승을 만났다네. 아름다운 기녀가 오랫동안 내 스승이었고, 한 부자 상인 또한 내 스승이었으며, 몇몇 주사위 도박꾼들도 그랬지. 한번은 순례길에 만났던 부처의 추종자가 내 스승이었고 말이야. 그는 숲에서 잠든 내 곁에 앉아 날 지켜 주었지. 나 또한 그에게서 많은 것을 배웠고, 그에게도 매우 감사하게 생각해. 하지만 무엇보다도, 나는 이 강과 이전 사공이었던 바수데바에게서 가장 많은 가르침을 받았다네. 그분은 매우 단순한 사람이었어. 그는 생각하는 사람도 아니었지만, 고타마만큼이나 필요한 것이 무엇인지 잘 알고 있었지. 그는 완벽한 사람, 성인이었네."

고빈다는 말했다. "싯다르타, 자네는 여전히 사람 놀리는 걸 좋아하는군. 알지, 자네가 자기 자신을 믿고 스승을 따르지 않았다는 것을. 그렇다면 자네 스스로 무언가를 발견한 것은 아닐까? 비록 가르침을 찾지는 못했지만 스스로 어떤 생각이나 어떤 통찰을 얻은 것은 아닌지 말이야. 자네가 살아가는 데 도움이 되는 자신만의 통찰을 발견한 건 아닐까? 자네가 내게 조금이라도 말해 준다면 좋겠네."

싯다르타는 말했다. "그래, 나는 생각과 통찰을 계속해 왔다네. 때로는 한 시간 동안, 때로는 온종일 말이야. 내 속에 생명이 있는 것처럼 내 마음속에 앎이, 깨달음이 있다는 걸 느꼈어. 많은 생각들이 있었지만 자네에게 전달하기는 어려울 것 같네. 친애하는 고빈다, 지혜는 전달할 수가 없어. 현자가 누군가에게 그 지혜를 전수하려는 노력은 다 우스꽝스러운 일일 뿐이야. 이게 내가 찾은 생각 중 하나라네."

"농담하는 건가?" 고빈다가 말했다.

"농담이 아니야. 내가 발견한 것을 말해 주는 거지. 지식은 전달할 수 있지만 지혜는 전달할 수가 없네. 지혜를 발견하고 지혜롭게 살며 지혜를 품고 다닐 수는 있지만, 그 지혜를 말로 표현하거나 가르칠 수는 없다네. 이것이 어릴 적부터 내가 때때로 의심했고, 또 스승들한테서 멀어지게 된 이유라고 생각하네. 고빈다, 자네가 또 농담이라고 어리석다고 비웃을지라도 이게 내 생각 중 가장 최고의 것이라네. 모든 진실의 반대 또한 진실이다! 즉 모든 진실은 한쪽 면만 가졌을 때에는 표현될 수 있고, 말로 전달될 수 있어. 생각으로써 생각하고 말로써 말하여지는 모든 것은 한쪽 면만을 가지고 있지. 모두 반쪽이야. 완전함은 없고, 둥근 일체와는 거리가 먼 거야. 그래서 고귀한 분이신 고타마는 세상에 관한 그의 가르침에서 세상을 다음과 같이 나누어야 했지. 윤회와 열반, 기만과 진리, 고통과 구원. 그가 가르치고자 한 것은 이것이라네. 다른 것일 수 없지. 하지만 우리 주변과 우리 안에 존재하는 세계 자체는 결코 한쪽 면만을 가지고 있지 않아. 사람도 행위도 결코 전적으로 윤회가 될 수도, 열반이 될 수도 없어. 사람은 결코 전적으로 거룩하거나 전적으로 죄인일 수 없는 거라네. 우리가 속기 쉬워서 우리 눈에 그렇게 보이는 것일 뿐이야. 마치 시간이 실제로 존재하는 것처럼 보이는 것처럼 말이야. 시간은 실재가 아니야. 고빈다, 나는 이런 경험을 자주 해 왔네. 그리고 시간이 진짜가 아니라면 세상과 영원 사이의 차이, 고통과 축복 사이의, 선과 악의 차이는 모두 기만인 거라네."

"어째서지?" 고빈다가 물었다.

"왜냐면, 고빈다, 잘 들어 봐! 나도 죄인이고 자네도 죄인이야. 하지만 그 죄인, 자네이기도 나이기도 한 그 죄인은 앞으로 다시 바라문이 되거나 열반에 도달하고 부처가 될 수도 있어. 그런데 여기서 지금 이 '다가올 시간'이란 하나의 기만이며 비유에 불과하지. 죄인은 부처가 되는 길에 있지 않고, 발전하는 과정에 있지도 않아. 아무리 우리의 생각하는 능력이 이러한 것들을 다르게 상상할지라도 말이야. 즉 그 죄인 안에는 지금과 오늘이 이미 존재해. 미래의 부처가 존재하는 거지. 그의 미래는 이미 거기에 있고, 그 부처를 숭배해야 해. 그 미래의 부처는 그 죄인 안에, 자네 안에, 우리 모두의 안에 존재하는 거라네. 숨겨져 있으니 잠재적인 부처인 거지. 세상은 불완전하지도 않아. 그저 완전함을 향한 느린 길을 가고 있을 뿐이라네. 아니, 세상은 모든 순간에 완벽하고, 모든 죄는 이미 그 안에 신성한 용서를 품고 있어. 모든 어린아이는 이미 그 안에 노인이 있고, 갓 태어난 모든 아기는 이미 그 안에 죽음을 가지고 있으며, 모든 죽어 가는 사람들은 영원한 생명을 가지고 있어. 어떤 존재도 자신의 또 다른 존재가 이미 자기 안에서, 그리고 자신의 길에서 얼마나 멀리 갔는지, 얼마나 발전했는지 알 수 없다네. 강도와 주사위 도박꾼 안에도 부처는 기다리고 있지. 바라문 안에도 강도가 기다리고 있을 수 있다는 거야. 깊은 명상에서는 존재로부터 시간을 떼어 낼 수 있어. 즉 존재했던, 존재하는, 그리고 존재할 모든 삶을 볼 수 있는 거지. 마치 모든 것이 한순간인 것처럼 말이야. 거기에선 모든 것이 좋고 모든 것이 완벽해. 모든 것이 바라문이지. 그러므로 나는 존재하는 모든 것을 선으로 보고, 죽음은 나에게 삶이요, 죄는 거룩함이며, 지혜는 어리석음이야. 모든 것이 있는 그대로 존재해야 하고, 모든 것은 나의 동의를 요구할 뿐이야. 나의 의지, 나의 사랑, 넘치는 허락을 요구해. 나에게 유익하기 위해 존재하고, 나에게 해를 끼칠 수 없기 때문이야. 나는 내 몸과 영혼으로 경험했다네. 죄를 지어야 했고, 욕망이 필요했지. 소유욕과 허영이 필요했어. 그리고 가장 부끄러운 절망이 필요했지. 모든 저항을 포기하는 방법을 배우기 위해, 세상을 사랑하는 방법을 배우기 위해, 내가 원하는, 내가 상상한, 내가 만든 어떤 종류의 완벽함의 세상과 실제 세상을 비교하는 것을 멈추기 위해서 말이야. 그리고 이 실제 세상을 있는 그대로 두고, 그것을 사랑하며 즐거이 그 일부가 되는 것, 이것이 중요하다는 걸 깨달았네. 그래 고빈다, 이러한 것들이 내 마음속에 떠오른 몇 가지 생각이라네."

싯다르타는 허리를 굽혀 땅에서 돌을 집어 손에 들고 무게를 쟀다. 그 돌을 만지작거리면서 그는 말했다. "이것은 돌이며, 일정 시간이 지나면 흙으로 변할 거야. 또 시간이 지나면 아마도 흙에서 식물이나 동물로 변할 거야. 어쩌면 인간으로 변하겠지. 예전 같았으면 나는 이렇게 말했을 거야. 이 돌은 그냥 돌일 뿐이며 쓸모없고 환영의 세계에 속한다고. 하지만 그것은 아마도 윤회의 과정에서 인간이 될 수도, 정신이 될 수도 있기 때문에 나는 이제 그것에 중요성을 부여하게 됐다네. 과거에 어땠을지 몰라도 이제 나는 이렇게 생각해. 이 돌은 돌이요, 동물이요, 신이요, 부처라고. 하지만 나는 이 돌이 이것 또는 저것으로 변할 수 있다는 이유로 이 돌을 숭배하고 사랑하는 게 아니야. 오히려 이 돌은 이미 항상, 그리고 동시에 모든 존재라는 바로 그 사실 때문에 이 돌 자체를 숭배하고 사랑해. 그리고 돌이라는 사실, 바로 지금 오늘 내가 보는 모습 그대로의 돌이라는 사실이 중요하다네. 그래서 돌에 새겨진 결들과 구멍들, 노란 부분, 회색 부분, 그 단단함, 내가 두들겼을 때 나는 소리, 표면의 건조함이나 젖은 상태도 모두 가치가 있어. 기름이나 비누처럼 느껴지는 돌도 있고, 나뭇잎 같은 돌, 모래 같은 돌도 모두 특별하고 각자의 방식으로 옴을 기도하지. 하나하나의 돌은 모두 바라문이지만 동시에 그것들은 그냥 기름지거나 물기 있는 돌일 뿐이라네. 이 사실 때문에 내가 돌을 좋아하고 숭배할 가치가 있다고 느끼는 거야. 하지만 이 이야기는 더 이상 하지 않을게. 말들이란 이미 밖으로 내자마자 그 숨겨진 의미에 좋지 않으며, 모든 것이 항상 조금씩 달라지니 말이야. 약간 왜곡되거나 어리석어지지. 그래, 이 사실 또한 내가 매우 좋아하는 거라네. 그리고 정말 맞다고 생각해. 한 사람의 보물과 지혜는 항상 다른 사람에게는 어리석은 것처럼 들린다는 것 말이야."

고빈다는 조용히 귀를 기울였다.

"왜 그 돌에 관한 얘기를 나한테 하는 거지?" 그가 잠시 주저하며 물었다.

"특별한 의도 없이 한 말이라네. 그러니까 나는 내가 보고 있고 배울 수 있는 이 모든 것을, 그러니까 돌이나 강 모두를 사랑한다는 뜻이었네. 나는 돌을 사랑할 수 있고, 나무도 사랑할 수 있어. 나무껍질도 마찬가지야. 이것들 모두 사물이고, 사랑할 수 있는 것들이야. 하지만 나는 사람이 하는 말을 사랑할 수는 없어. 그래서 가르침이 나에겐 별로인 거야. 딱딱함도 부드러움도 없고, 색깔도 없고, 가장자리도 없지. 냄새도 없고, 맛도 없고, 말들은 그저 말일 뿐이잖아. 아마도 많은 말들 때문에 자네가 아직도 평화를 찾지 못하는 것은 아닐까? 구원과 덕도, 윤회와 열반도, 고빈다, 그저 말일 뿐이라네. 열반이라는 것은 존재하지 않으며, 열반이라는 말만 있을 뿐이지."

고빈다는 말했다. "친구여, 열반은 단순한 말이 아니라네. 그것은 생각이지."

그러자 싯다르타가 계속했다. "생각, 그럴 수도 있겠지. 그렇지만 나는 말과 생각이란 게 뭐가 다른지 모르겠네. 솔직히 말해서 나는 생각에 관해 높은 평가를 내리지 않는다네. 나는 생각보다 사물들에 관해 더 좋게 생각하고 있어. 예를 들어 여기 이 나룻배, 내 이전 사공이었고 스승이었던 이 나룻배의 사공은 오랫동안 그저 강만 믿었어. 그는 강이 자신에게 말을 건다는 것을 알아차렸고 강에서 배웠어. 강은 그를 교육하고 가르쳤으며, 그래서 강은 그에게 신처럼 보였지. 수년 동안 그는 모든 바람, 모든 구름, 모든 새, 모든 딱정벌레가 저 숭배 받는 강물처럼 똑같이 신성하고, 똑같이 알고 있으며, 똑같이 가르칠 수 있다고는 생각하지 못했어. 하지만 이 거룩한 분은 숲으로 들어가서 모든 것을 깨달았어. 스승도, 책도 없이 오직 강만을 믿었기 때문이지."

고빈다는 말했다. "하지만 자네가 '사물'이라고 부르는 그것이 실제로 도대체 뭐란 말인가? 진짜, 실제로 존재하는 무언가를 말하는 건가? 그렇다면 그것은 단지 환영에 불과한 것이 아니었나? 그저 눈에 보일 뿐 착각이나 다름없는 존재 아닌가? 자네가 말하는 자네의 돌, 나무, 강, 그것들이 정말 실제로 존재하는 걸까?"

싯다르타는 말했다. "그렇대도 난 별로 신경 쓰지 않는다네. 사물이 그저 환영이든 아니든 말이야. 결국 나 또한 환영에 불과하게 될 것이고, 그것들도 모두 나와 같지. 그래서 내가 이것들을 소중히 가치 있게 여기는 거라네. 바로 나와 같기 때문에. 그래서 나는 그것들을 사랑할 수 있는 거고. 자네는 비웃을지 모르지만, 그 사랑이 바로 내게는 가르침이야. 오 고빈다, 사랑이 나에게 무엇보다도 가장 중요한 것 같아. 세상을 완전히 이해하고, 설명하고, 경멸하는 것이 위대한 사상가들이 하는 일일지는 모르지. 하지만 나는 세상을 사랑할 수 있다는 것에만 관심을 가질 뿐, 세상을 경멸하고 증오하는 것에는 관심이 없다네. 세상과 나를 미워하지 않고, 사랑과 존경심으로 바라보는 데에만 관심이 있을 뿐이지."

"이해할 수 있을 것 같네." 고빈다가 말했다. "하지만 고귀하신 분인 부처는 바로 그 사랑이라는 것이 환영이요, 미망이라는 것을 알게 되신 거잖나. 그분은 자비, 동정, 공감, 관용을 우리에게 명령하셨지만, 세속적인 것에 우리의 마음을 묶어 사랑하는 것은 금하시지 않았나?"

"알지." 싯다르타의 미소가 황금빛으로 빛났다. "알아, 고빈다. 하지만 봐 보게. 이렇게 말 때문에 우리는 싸우고 있지 않나. 부정할 수 없는 것이, 사랑에 관한 나의 말은 고타마의 사랑에 관한 말과 모순되는 것처럼 보이겠지. 그리고 바로 이런 이유로 나는 말을 믿지 않는 거야. 반대되는 말들이 속임수라는 것을 알기 때문이라네. 나는 고타마가 생각하는 사랑에 관해 동의해. 어찌 고타마가 사랑을 모를 수 있겠나? 인간 존재의 모든 요소가 무상하고 의미 없음을 깨달았지만, 중생을 그토록 사랑하고 중생을 돕기 위해, 가르치기 위해, 그 고되고 긴 삶을 사신 고타마가 어찌 모를 리 있겠나? 나는 말보다 사물을 더 좋아하고, 고타마의 말보다는 그의 행동에 더 많은 의미를 부여해. 그분이 아무리 자네의 위대한 스승이라 해도 말이야. 그의 의견보다는 그의 손짓이 내게는 더 중요해. 그의 말과 생각이 아니라, 그의 행동과 그의 삶에서만 나는 위대함을 보게 된다고."

두 노인은 오랫동안 아무 말도 하지 않았다. 그러다 고빈다가 작별 인사를 하며 말했다. "싯다르타, 자네의 생각을 말해 줘서 고맙네. 그 생각들은 부분적으로 기이하기도 하고, 내가 즉시 이해할 수 없는 부분도 있지만 나는 자네에게 감사하네. 평온한 나날을 보내길 바라겠네."

하지만 고빈다는 은밀히 혼자 생각했다. '이 싯다르타는 기괴한 친구다. 그는 기괴한 생각을 표현하고, 그의 가르침은 어리석게 들린다. 고귀한 분 고타마의 순수한 가르침은, 더 명확하고, 더 깨끗하고, 더 이해하기 쉬우며, 그 안에 기괴한 것, 어리석은 것, 바보 같은 것은 절대 없어서 싯다르타의 생각과는 다르다. 하지만 신기하게도 싯다르타의 손과 발, 눈, 이마, 숨결, 미소, 인사, 걸음걸이까지 모두 다 그의 그 기괴한 생각과는 다르게 느껴진다. 고타마가 열반에 드신 후 나는 두 번 다시 성스러운 사람을 만나지 못했었다! 하지만 이 싯다르타는 그분과 같은 사람처럼 느껴진다. 그의 가르침이 이상하고, 그의 말이 어리석게 들리더라도, 그의 눈빛과 손에서, 그의 피부와 머리카락, 그의 모든 부분에서 순결함이 빛나고, 평온함, 밝고 온화함, 거룩함이 느껴진다. 고타마가 열반에 드신 후 나는 사람에게서 그런 느낌을 받아 본 적이 없다.'

이렇게 생각하면서 그는 그 느낌에 끌려 싯다르타에게 다시 인사하려고 돌아섰다. 고요히 앉아 있는 그에게 고빈다는 깊은 마음으로 인사를 했다.

"싯다르타." 그가 말했다. "우리는 둘 다 노인이고, 이제 현세에서 다시 만나기는 어려울 것 같네. 사랑하는 친구여, 자네는 평화를 찾은 것 같군. 하지만 고백하건대 나는 그것을 찾지 못했다네. 오 존경하는 친구여, 한마디만 더 해 주시게. 내가 이해할 수 있는, 내 앞길에 함께할 만한 무언가를 말해 줄 수 있을까? 아직도 나의 길은 종종 암울하고 어렵기만 하다네."

싯다르타는 아무 말도 하지 않고 언제나 변함없는 조용한 미소로 그를 바라보았다. 고빈다는 두려움과 갈망과 고통으로 그의 얼굴을 응시했다. 그의 표정에서 영원히 찾을 수 없는 것을 찾고자 하는 갈망이 보였다. 싯다르타는 그것을 보고 미소를 지었다.

"내게 몸을 굽혀 봐!" 그는 고빈다의 귀에 조용히 속삭였다. "내게 몸을 굽혀 더 가까이 다가와 내 이마에 입을 맞추어 봐, 고빈다!"

고빈다는 뭔가 이상했지만, 친구의 명령에 기대를 가지고 따랐다. 그에게 가까이 몸을 굽히고 이마에 입 맞추자, 그때 기적 같은 일이 일어났다. 고빈다의 생각이 여전히 싯다르타의 이해할 수 없는 말들에 머물러 있고, 마음속에서는 아직도 시간이란 존재하지 않으며, 윤회와 열반은 하나라는 싯다르타의 말을 믿어 보려고 헛되이 애쓰는 와중에, 또 심지어는 사랑하고 존경하는 친구이지만, 그의 말들에 관한 멸시감이 떠나지 않는 와중에 이 일은 그에게 일어났다.

그는 더 이상 친구 싯다르타의 얼굴을 볼 수 없었다. 대신 많은 다른 얼굴들이 보였다. 그 얼굴들은 연속해서 흐르는 강물처럼 보였다. 수백 수천 개의 얼굴이 왔다가 사라졌지만, 또 모두 동시에 존재하는 것처럼 보이기도 했다. 끊임없이 변화하고 새로워졌지만, 여전히 모두 싯다르타의 얼굴이었다. 그는 한없이 고통스럽게 입을 벌리고, 흐려져 가는 눈으로 죽어 가는 잉어의 얼굴을 보았다. 그는 갓 태어난 벌겋고 주름 가득한, 울음으로 찡그려진 아기의 얼굴을 보았다. 그는 살인자의 얼굴을 보았다. 다른 사람의 몸에 칼을 꽂는 얼굴을 보았다. 같은 순간 무릎 꿇은 채 묶여 있던 이 살인자의 머리가 사형 집행인의 칼 한 방에 날아가는 것도 보았다. 그는 남자들과 여자들의 벗은 몸을 보았다. 그들은 여러 체위를 한 채 광란의 사랑으로 경련을 일으키는 모습을 하고 있었다. 그는 뻗어 있는, 움직이지 않고, 차가운, 공허한 시체를 보았다. 그는 동물의 머리, 멧돼지, 악어, 코끼리, 황소, 새의 머리를 보았다. 그는 신들을 보았다. 크리슈나*를 보았고, 아그니**를 보았다. 이 모든 형상과 얼굴들이 서로 수천 가지의 관계를 맺어 서로 돕고, 사랑하고, 미워하고, 파괴하고, 다시 태어나는 것을 보았다. 하나하나가 죽으려는 의지였고, 열렬히 고통스러운 덧없음의 고백이었으나, 그들 중 아무도 죽지 않았으며 하나하나 오직 변형될 뿐이었고, 또 모두 항상 다시 태어났고, 새로운 얼굴을 얻었다. 시간이 흐른 것 같지도 않은 찰나에 한 얼굴은 어느덧 다른 얼굴로 변했고, 이 모든 모습과 얼굴들은 쉬고, 흐르고, 스스

---

* 힌두교 신 중 가장 대중적인 신이다. 크리슈나에 대한 숭배에는 독특한 특징이 있는데, 가장 두드러진 특징은 신적인 사랑과 인간적인 사랑의 유사점 추구이다.
** 힌두교의 불의 신이다.

로 생성하고, 떠다니며 서로 합쳐졌다. 그들은 모두 끊임없이 어떤 얇은 것으로 덮여 있었다. 그 자체의 형태는 없는 것처럼 보였지만 분명 존재하는, 마치 얇은 유리나 얼음 같은, 투명한 피부, 물로 만들어진 조개껍데기나 틀, 가면과 같은 것이었다. 그리고 이 가면은 미소 짓고 있었고, 이 가면은 바로 싯다르타의 미소 짓는 얼굴이었다. 고빈다가 그의 이마에 입 맞춘 바로 그 순간에 보인 것들이었다. 고빈다는 이와 같이 보았고, 이 가면의 미소를 보았으며, 흐르는 모든 형태 위로 일체의 미소를 보았다. 수천 가지 태어남과 죽음에서 일체의 미소를 보았다. 싯다르타의 이 미소는 조용하고 섬세한, 헤아리기 어려운, 어쩌면 자비로운, 또 조롱하는 듯한, 지혜롭고, 수천의 모습을 한 고타마 부처의 미소, 그가 큰 존경심으로 수백 번이고 직접 보았던 그 미소와 정확히 같은 종류였다. 고빈다는 완전한 자는 이와 같은 미소를 짓는다는 것을 알게 되었다.

시간이 존재했는지도 알 수 없었고, 그 얼굴들이 1초 동안 지속되었는지 100년 동안 지속되었는지도 알 수 없었다. 싯다르타, 고타마, 그리고 나와 너라는 것이 존재하는 것인지 아닌지도 더 이상 알 수 없는 그런 상태로, 고빈다는 마치 자신의 안쪽 가장 깊은 곳에 신성한 화살을 맞아 상처를 입은 것처럼 느꼈다. 마법에 걸려 가장 깊은 곳에서 녹아내리는 그 상처에서는 달콤한 맛이 났다. 여전히 고빈다는 싯다르타의 조용한 얼굴 위로 구부린 채 잠시 서 있었다. 그가 방금 입 맞춘 얼굴, 모든 현현顯現, 모든 변화, 모든 존재의 장면이 벌어진 얼굴이었다. 그 얼굴은 수천 겹으로 덮인 그 깊은 표면 아래에서 변하지 않고 조용히 미소 지으며 고요히 부드럽게 웃고 있었다. 아마도 매우 자비롭게, 어쩌면 매우 조롱하는 듯이, 정확히 부처가 짓곤 했던 그 미소였다.

고빈다는 깊이 고개를 숙여 절했다. 그가 알지 못하는 눈물이 그의 늙은 얼굴 아래로 흘러내렸다. 가장 친밀한 사랑의 느낌, 가장 공손한 존경의 느낌이 불타올랐다. 그는 땅에 손을 짚고, 고개를 깊이 숙여 움직이지 않고 앉아 있는 싯다르타 앞에서 절을 했다. 싯다르타의 미소는 고빈다에게 그가 한평생 사랑했던 모든 것, 그의 인생에서 그에게 소중하고 거룩했던 것들을 상기시키는 얼굴이었다.

작가 연보

1877년	7월 2일, 독일 뷔르템베르크의 소도시 칼프에서 개신교 선교사이던 아버지 요하네스 혜세와 어머니 마리 군데르트 사이에서 장남으로 태어나다.
1881년	양친과 함께 스위스 바젤로 이사하여 거주하다.
1883년	스위스 국적을 얻다(그전에는 러시아 국적).
1886년	9세에 다시 칼프로 돌아와 1889년까지 김나지움에 다니다.
1890년	신학교 시험 준비를 위해 괴핑겐의 라틴어 학교에 다니다. 뷔르템베르크 국가시험에 합격, 신학자가 되기 위한 첫 관문을 통과하다.
1891년	명문 신학교이자 수도원인 마울브론 기숙신학교에 입학하다. '시인이 되지 못하면 아무 것도 되지 않겠다'며 도망쳐 나오다.
1892년	4~5월에 블룸하르트 목사가 있는 바트볼에서 지내다. 6월에 자살을 시도하다. 6~8월에 슈테텐에서 신경쇠약 치료를 받다.
1893년	에슬링겐에서 서점원을 일하다 사흘 만에 그만두다.
1984년	시계부품공장 견습공으로 일하다. 2년간 방황, 튀빙겐에서 서점원으로 일하며 글을 쓰면서부터 비로소 삶의 안정을 찾다.
1898년	첫 시집《낭만적인 노래들》을 출간하다.
1899년	산문집《자정이 지난 뒤의 한 시간》을 출간하다. 가을에 바젤의 서점으로 옮기다.
1901년	최초로 이탈리아 여행.《헤르만 라우셔의 유고와 시》를 발표하다.

1902년 《시집》출간, 어머니 사망하다.

1903년 서점을 그만두고, 두 번째로 이탈리아를 여행하다.

1904년 《페터 카멘친트》를 출간하다. 출세작으로 경제적 안정 속에서 문
       학의 길에 전념하다. 마리아 베르누이와 결혼 후 보덴 호숫가 가이
       엔호펜으로 이주하다.

1905년 첫아들 브루노가 태어나다.

1906년 《수레바퀴 아래서》를 출간하다.

1907년 중단편 소설집《이편에서》를 출간하다.

1908년 단편집《이웃들》을 출간하다.

1909년 3월에 둘째 아들 하이너 태어나다.

1910년 《게르트루트》를 출간하다.

1911년 셋째 아들 마르틴 태어나다. 화가 한스 슈트르체네거와 함께 인도
       를 여행하다.

1913년 《인도에서》를 출간하다.

1914년 《로스할데》를 출간하다. 1차 세계대전 발발 후 입대 자원했으나
       군무 불능 판정을 받다. 베른의 독일군 포로 후생사업 가담, 극단
       적 애국주의를 비판하는 글로 매국노 비난을 받다.

1915년 《크놀프》,《길에서》,《고독한 자의 음악》,《청춘은 아름다워라》를
       출간하다.

1916년 아버지의 죽음, 막내아들 마르틴의 중병, 아내의 정신병 악화와
       입원, 자신의 신병 등이 겹쳐 정신적 위기에 빠지다. 정신분석학
       자 C. G. 융의 제자인 베른하르트 랑의 치료를 다음 해까지 받다.

1919년 싱클레어라는 가명으로《데미안》을 출간하고, 이 작품으로 폰타
       네상을 수상하다.

1920년 시화집《화가의 시》를 출간하다. 정신적 안정을 위해 수채화를 많
       이 그리다. 단편집《클링조어의 마지막 여름》을 발표하다.

1922년 《싯다르타》를 출간하다. 부인 마리아와 정식으로 이혼 후 스위스
       국적을 재취득하다.

1924년 스무 살 연하 루트 벵거와 결혼하다.

1925년	《요양객》을 출간하다.
1926년	《그림책》을 출간하다. 프로이센 예술원 회원에 선출되었으나 1931년 탈퇴하다.
1927년	《황야의 이리》,《뉘른베르크 여행》출간, 루트 벵거와 이혼하다.
1928년	《관찰》,《위기. 일기 한 편》을 출간하다.
1929년	시집《밤의 위로》,《세계 문학 도서관》을 출간하다.
1930년	《나르치스와 골드문트》를 출간하다.
1931년	니돈 돌빈과 결혼 후 몬타뇰라의 새집으로 이사하다.
1932년	《동방순례》를 출간하다.
1933년	단편집《작은 세계》를 출간하다.
1934년	시선집《생명의 나무》를 출간하다.
1935년	《우화집》을 출간하다.
1936년	《정원에서 보낸 시간》을 출간하다.
1939년	헤세의 작품이 독일에서 불온서적으로 간주되어 출판되는 것이 금지되다. 1942년부터 취리히에서 전집으로 펴내다.
1943년	《유리알 유희》를 출간하다.
1945년	단편 동화 모음집《꿈의 여행》, 미완성 소설《베르톨트》를 출간하다.
1946년	《유리알 유희》로 노벨 문학상을 수상하다. 정치평론집《전쟁과 평화》를 출간하다.
1947년	고향 칼프시의 명예 시민이 되다.
1954년	《헤르만 헤세와 로맹 롤랑이 주고받은 편지들》을 출간하다.
1955년	독일 서적협회로부터 평화상을 수상하다.
1956년	헤르만 헤세 문학상 제정하다.
1962년	8월 9일 뇌출혈로 몬타뇰라에서 사망, 이틀 후 아본디오 묘지에 안치되다.

싯다르타

초판 1쇄 인쇄 2024년 6월 7일
초판 3쇄 발행 2024년 10월 15일

지은이 헤르만 헤세
옮긴이 최유경
펴낸이 이효원
편집인 정다운 편집실
마케팅 추미경, 석유정
디자인 이용석(표지), 이수정(본문)
펴낸곳 올리버
출판등록 제395-2022-000125호
주소 경기도 고양시 덕양구 삼송로 222, 101동 305호(삼송동, 현대헤리엇)
전화 070-8279-7311   **팩스** 02-6008-0834
전자우편 tcbook@naver.com

ISBN 979-11-93130-98-8 03850

올리버 세계교양전집 목록